Christa Windmüller

Nichts bleibt

Roman

Christa Windmüller war viele Jahre als Heilpraktikerin mit psychosozialem Schwerpunkt tätig. Heute arbeitet sie als freie Autorin. In ihren Büchern beleuchtet sie Schicksale, die ebenso bewegend wie menschlich sind.

CHRISTA WINDMÜLLER

nichts bleibt

ROMAN

Bibliografische Information der Deutschen Bibliothek:
Die Deutsche Bibliothek verzeichnet diese Publikation in der
Deutschen Nationalbibliografie; detaillierte bibliografische
Daten sind im Internet unter *http://dnb.ddb.de* abrufbar.

Impressum
© 2016 Christa Windmüller
Satz, Layout und Umschlaggestaltung: Achim Czogallik
Umschlagabbildung: Stephan Guntli
Herstellung und Verlag: Books on Demand GmbH, Norderstedt
ISBN: 978-3-7412-6864-9

Es gibt ein Bleiben im Gehen,
ein Gewinnen im Verlieren,
im Ende einen Neuanfang.
(aus Japan)

1.

Die Autoschlüssel und die Papiere liegen auf dem Sekretär, die gepackte Tasche steht daneben, die grüne, die durch den dunklen Ledereinsatz so fein und viel kleiner wirkt. Der Blumenstrauß mit Brittas Lieblingsblumen, weißen Nelken und Margeriten, liegt schon im Kofferraum. Und der Kuchen, den ich gestern für sie gebacken habe, steht auf dem Rücksitz, Erdbeerkuchen. Sie liebt Erdbeerkuchen, ohne Sahne, wegen der Figur. Oft genug sage ich ihr, dass ihre Figur makellos ist, doch sie besteht auf »ohne Sahne«. Obwohl sie als Kind immer auf »mit Sahne« bestand.

Britta feiert heute Geburtstag, ihren sechsunddreißigsten. Der erste, den sie seit Jahren feiert, und ich fahre zu ihr. Es wird ein Familientreffen der besonderen Art. Alle werden da sein, ihre Geschwister mit ihren Familien und ihr neuer Freund. Ich werde ihn kennenlernen, endlich. Der vorherige tat ihr nicht gut, und ich bin fast froh, dass ich ihn nicht kennengelernt habe – ich weiß nicht, zu was ich fähig gewesen wäre.

Sie hat mich eingeladen, bis morgen zu bleiben, und nun wandere ich durch die Wohnung und überlege, was ich vergessen oder nicht erledigt habe. Der Mülleimer in der Küche fällt mir ein – ich sehe ihn an und beschließe, ihn nicht zu leeren. Gleichzeitig kommt mir der Gedanke, dass ich ihn, wenn ich ihn jetzt nicht leere, nicht mehr leeren werde. Ich verwerfe den Gedanken wieder, er ist schlicht unbegründet.

An der Garderobe bleibe ich kurz stehen und blicke in den Spiegel – die letzten Jahre sind auch an mir nicht spurlos vorübergezogen. Ein paar graue Haare mehr und ein paar kleine Fältchen im Gesicht, aber meine Haut ist immer noch sanft und glatt. Der zarte Lippenstift betont die grünblauen Augen und lässt das zusammengesteckte, etwas aufgehellte Haar in der Sonne schimmern. Ich rücke den Schal unter dem Mantel zurecht und prüfe, ob die dunkle Hose und die helle Bluse sauber sind und farblich zu den braunen Schuhen passen. Die Sachen sind sauber und sie passen wunderbar zueinander, und sie passen zu mir, zu meinem bis heute aufrechten Gang und zu meiner positiven Stimmung.

Der Winter hat sich inzwischen verabschiedet und der Frühling zieht ein. Der Frühling, in dem die Natur zu wachsen, zu blühen anfängt, in dem alles neu beginnt und lebendig wird. Jener ist für mich die schönste Jahreszeit. Ich fühle mich gut, ungewöhnlich gut. Und sobald ich zurück bin, werde ich mich um die Terrasse kümmern und den Frühling, den Anfang ein wenig näher holen.

Euphorisch ziehe ich die Tür hinter mir zu, die Tür zu meiner kleinen Eigentumswohnung. Viel zu aufgewühlt, um loszufahren, sperre ich ab und stütze mich an die Wand im Flur, ich halte inne und denke nach. Beinahe, als würde ich gezwungen nachzudenken, überfluten mich Erinnerungen an längst Vergangenes. Es gelingt mir nicht, diese Flut abzustellen, meine Gedanken ins Jetzt zu lenken, mich auf die nächsten Stunden und Tage zu konzentrieren.

2.

Seit einigen Jahren darf ich diese Wohnung mein Eigen nennen. Sie ist das Ergebnis eines langen Prozesses, eines langen Loslassens und sie bedeutet Freiheit. Mit Mitte, fast schon Ende sechzig kann ich sagen, frei zu sein. Ein spätes Freisein und doch ist es das Vollkommenste, das ich bisher erfahren habe.

Früher bin ich davon ausgegangen, dass jeder, außer mir selbst, den größten Wert hat, mein Mann, meine Kinder, die Eltern und Schwiegereltern, sogar das Haus und sämtliche Haustiere. Alles hatte seinen Platz und alles funktionierte, ich funktionierte oder besser, ich erschuf mir eine Welt, die es nicht gab, die Illusion war, eine Welt, die funktionierte. Zumindest nach außen war alles in Ordnung. Die ersten Brüche habe ich nicht als solche wahrgenommen, sie stattdessen hingenommen und verdrängt. Aber das

Leben ließ nicht locker und lehrte mich. Und es hat mich nicht zu spät gelehrt, ich habe noch Zeit, Zeit zu leben. Bloß der Weg zu dieser Erkenntnis war dornig und steinig.

3.

Als meine Tochter Britta geboren wurde, war ich überfordert. Ich wollte sie nicht. Ich lehnte sie ab und redete mir ein, dass ihr und niemandem sonst es auffällt. Ihre Reaktionen waren entsprechend, von Beginn an, und je stärker sie mir meine Ablehnung spiegelte, desto schlimmer wurde es. Sie rief schier Aggressionen in mir wach. Egal, was sie tat oder nicht tat, sie konnte mir nichts recht machen. Ich missachtete sie, hoffte, dass sie bald erwachsen würde, und fokussierte mich auf meine anderen Kinder. Eines Tages war sie erwachsen und ich wusste nichts von ihr. Ich hatte sie verloren und es nicht einmal bemerkt. Nun ist sie 36.

Meinen Sohn Theo, er war der älteste und ein Wunschkind, liebte ich, und er bekam diese Liebe stets zu spüren. Er konnte sich schlecht benehmen, provozieren oder unmöglich sein, es änderte nichts an meiner Liebe zu ihm. Ich stellte nichts infrage, kritisierte ihn nicht und ließ ihn sich entwickeln. Er hatte etliche Freundinnen und keine schien mir die richtige für ihn zu sein. Er war und ist etwas Besonderes.

Mittlerweile ist Theo verheiratet und Vater zweier Töchter. An seine Frau, meine Schwiegertochter, musste ich mich gewöhnen, es dauerte, bis ich mich mit ihr arrangieren konnte. Sie indes begegnete mir offen, auf Anhieb, und dennoch mit der notwendigen Distanz. Theos Mädchen sind häufig bei mir und erinnern mich an die Versäumnisse bei meiner eigenen Tochter. Sie sind ausgelassen und fröhlich, was meine Tochter nicht war. Nur für sie ist es zu spät, ich kann das, was ich bei ihr versäumt habe, nicht wiedergutmachen, ich kann es nicht mehr ändern. Sie ist mir fern, fast fremd und wird mir nie nahe sein.

Mein drittes Kind, mein jüngstes, ebenfalls eine Tochter, war das Nesthäkchen. Ein Kind, das man lieben musste, das jeder lieben musste. Bea, eigentlich Beatrix, wurde mit blonden Locken geboren und ihr Lächeln faszinierte, selbst ihre Augen lächelten. Mein Mann, ihr Vater, vergötterte dieses Kind buchstäblich. Er liebte sie inniger als mich oder so, wie ich unseren Sohn liebte. Wir erfüllten ihr alle Wünsche, die irgendwie erfüllbar waren. Auch Bea lebt mit einem Mann zusammen, und die beiden sind Eltern eines Jungen, den ich sehr gern habe.

4.

Theo und Bea waren mir nach dem Tod meines Mannes eine große Hilfe, sie wohnten nicht weit entfernt. Mein Mann starb ganz plötzlich und ohne Vorwarnung an einem Herzinfarkt. Wir frühstückten gemeinsam, lasen Zeitung und witzelten, wie jeden Morgen. Dann nahm er seinen grauen Mantel, verabschiedete sich und ging aus dem Haus.
Zwei Stunden später kam dann ein Anruf aus dem Büro: Er war zusammengebrochen und lag auf der Intensivstation. Als ich in der Klinik ankam und die Station erreichte, war er bereits tot und man befreite ihn von diversen Schläuchen und Apparaten. Sie konnten nichts mehr für ihn tun. Das ist jetzt neun Jahre her.

Ich war wie erstarrt, als ob mein Leben von einer Sekunde zur anderen stillstand. Bis dahin hatte ich nicht über den Tod nachgedacht, ihn fortgeschoben oder gehofft, verschont zu bleiben. Es funktionierte ja alles. Die Kinder waren aus dem Haus und wir wollten die Zeit zu zweit genießen, wir hatten noch so viele Pläne. Doch plötzlich verloren die Dinge ihren Sinn, mein Leben verlor seinen Inhalt. Wir wohnten damals am Stadtrand, in einem Haus mit Garten. Mein Mann war Wirtschaftsjurist, uns mangelte nichts, im Gegenteil.

5.

Als ich Guido, meinen Mann, kennenlernte, hatte er gerade sein Referendariat begonnen, in einer kleinen Kanzlei im Zentrum, versteckt in einem Hinterhof. Die Kanzlei wirkte ebenso alt und verschroben wie er selbst und seine Anzüge, die kleine runde Nickelbrille tat ihr Übriges. Ich verliebte mich in ihn, trotzdem oder deswegen. Er war beinahe täglich in dem kleinen Café an der Ecke, in dem ich kellnerte, um mir meinen Lebensunterhalt und das Geld für die Kurse zu verdienen. Ich wollte Dolmetscherin werden. Guido saß immer am selben Tisch, bestellte immer dasselbe, traf sich mit immer denselben Kollegen und sah immer gleich aus. Er beachtete mich nicht, er beachtete niemanden. Nichts, ausgenommen seiner zerknitterten Unterlagen, fand seine Aufmerksamkeit. Auch die Menschen um ihn herum störten ihn nicht. Einige belächelten ihn und nannten ihn den »zerstreuten Professor«, doch er ignorierte das.

Erst als mir ein Glas Cola vom Tablett rutschte und direkt vor seinen Füßen landete, nahm er mich wahr. Ich war in Gedanken und in Eile, weil ich mich beim letzten Kunden verrechnet hatte, was leider häufiger passierte, und sich aufgrund dessen die nächsten Bestellungen verzögerten. Ein ungeduldiger Blick des Chefs streifte mich, ich geriet ins Stolpern und das Glas auf meinem Tablett verselbstständigte sich.

Aber Guido ließ sich nicht irritieren, mit einem Lächeln blickte er auf seine Schuhe und wandte sich wieder seinen Unterlagen zu. So geschah das eine ganze Weile. Ich bemühte mich, ihm freundlich und aufmerksam zu begegnen, ohne ihn mit Getränken zu beschütten oder mich gar bei ihm zu verrechnen, und er schenkte mir gelegentlich ein Augenzwinkern. Bis er mich eines Tages fragte, es war mitten im Winter: »Ist dir in deinem kurzen Rock nicht kalt? Es zieht doch durch die Tür.« Ich schüttelte verlegen den Kopf, dazu fiel mir nichts ein. Ich war mir nicht sicher, ob er mich tatsächlich ansprechen oder bloß etwas sagen wollte.

Hierauf wurde ich krank, nicht wegen des kurzen Rockes, sondern weil ich mir beim Sport den Knöchel verstaucht hatte. Die Auszeit tat gut, mir standen einige Prüfungen bevor und ich musste mich dringend aufs Lernen konzentrieren. Plötzlich klopfte es an meiner Tür – ich dachte an meine Vermieterin, die die ausstehende Miete abholen wollte – doch es war Guido, der mich im Café vermisste. Ich war sprachlos, als er mir das offenbarte. Er grinste und sagte, dass ich ihm längst aufgefallen sei und die Cola überhaupt nicht auf seine Füße hätte kleckern müssen. Es war der peinlichste Moment meines Lebens, aber wir hatten uns gefunden. Von da an gingen wir sämtliche Wege gemeinsam.

Guido beendete sein Referendariat und wechselte zu einem der namhaftesten Konzerne der Stadt. Dort blieb er, bis er von einem anderen abgeworben wurde, bis er zwischen verschiedenen Angeboten wählen konnte. Ich war stolz auf ihn und präsentierte mich stolz mit ihm. Seine Eltern waren nicht weniger stolz auf ihren Sohn, obgleich sie mir nicht unbedingt das Gefühl gaben, willkommen zu sein. Sie hatten sich eine korrektere, biedere Frau für ihren klugen Sohn gewünscht, zumal er ihr einziger war. Doch wir setzten uns über seine Eltern hinweg.

6.

Zu meinen Eltern hatte ich kaum Kontakt. Sie konnten mit meinen Vorstellungen von Frau-Sein nicht umgehen. Sie hatten sich gedacht, dass ich nach einer Ausbildung im Büro eine Familie gründen würde. Allerdings dachte ich weder an eine Ausbildung im Büro noch an Familiengründung. Für mich war das Abitur vorrangig, was sich definitiv nicht mit den Entwürfen meiner Eltern deckte. Im Prinzip war ich froh, dass sie mich das Abitur machen ließen und mich nicht behinderten oder es verboten, wie es bei meinen Freundinnen zum Teil der Fall war. Ich hatte auch keine Geschwister, mit denen sich die Wünsche meiner Eltern erfüllen konnten.

Einen Kompromiss schloss ich jedoch. Ich tat meinen Eltern den Gefallen einer Ausbildung, und begann nach dem Abitur eine Banklehre, um, wie sie zu sagen pflegten, etwas in der Hand zu haben. Das war ich ihnen schuldig, glaubte ich, außerdem fehlte mir der Mut, um zu protestieren. Sie hatten mich seit meiner Geburt finanziert, was sie mir unablässig unter die Nase rieben. Wobei ich die Entscheidung schon bald bitter bereute, die Banklehre passte überhaupt nicht zu mir. Zwar quälte ich mich durch die Zwischenprüfung und noch ein bisschen weiter, hätte aber vermutlich die Abschlussprüfung nicht geschafft und brach kurz vorher ab. Das Ergebnis dieses Gefallens waren zweieinhalb verlorene Jahre und Eltern, die aus allen Wolken fielen, die mich nicht begreifen konnten.

Sie redeten nicht mit mir, wir redeten nicht miteinander, es gelang einfach nicht. Trotzdem war klar, dass sie mich nicht weiter unterstützen würden – unabhängig welchen Weg ich einschlug. Sie hatten ihren Standpunkt, ihre Meinung. Und ihrer Meinung nach, hatte ich meine Zukunft kaputtgemacht, »vertan«.

Ich hingegen musste erst einmal zu mir finden, mich selbst finden, mich zumindest auf die Suche nach etwas begeben, das mir fehlte. Ich wollte Antworten auf meine Fragen und dazu schien mir ein Ortswechsel nützlich, eventuell ein Auslandsaufenthalt, was wieder auf totales Unverständnis stieß. Ich musste mich befreien, freimachen von Wünschen, die nicht meine waren. Und ich wollte etwas anders machen. Nicht besser, sondern anders.

7.

Meine Mutter war seit ihrer Heirat Hausfrau, sie hatte keine Ausbildung und fand keine für sich notwendig. »Es waren andere Zeiten«, sagte sie häufig. Folglich kümmerte sie sich um meinen Vater und um den Haushalt, als sei es ihre Lebensaufgabe, welche es wohl auch war. Meine Gedanken, meine Ansichten waren nicht relevant. Hauptsache, der Vater wurde nicht behelligt. Er arbeitete hart und sollte sich nicht mit Familiensorgen, die als Lappalien galten, auseinandersetzen müssen. Mein Vater verhielt sich demgemäß. Er kam von der Arbeit nach Hause, legte seine Füße hoch und kommandierte meine Mutter herum. Gespräche gab es keine, nur Kommandos. Und für sie war das das Normalste der Welt. Ich wollte alles, aber nicht so behandelt werden, von niemandem.

Viel später erfuhr ich – ich hätte es bemerken müssen –, dass meine Eltern, insbesondere mein Vater, sich einen Jungen erhofft hatten. Doch meine Mutter wurde bloß einmal schwanger – mit mir. Jedenfalls war sie davon überzeugt, dass eine Frau ihre Aufgabe als treusorgende Haus- und Ehefrau zu erledigen hatte. Sie projizierte ihren Lebenssinn auf alle Frauen, primär natürlich auf mich. Oft fragte ich mich, wie das sein konnte, sie hatte den Krieg miterlebt, überlebt und trug, wie die meisten Frauen, ihren Anteil am Wiederaufbau. Sie hatte beide Eltern und ihren Verlobten bei Bombenangriffen verloren und schlug sich allein durch. Doch darüber sprach sie nicht.

Mein Vater war, körperlich unversehrt, nach einiger Zeit Gefangenschaft aus dem Krieg zurückgekehrt. Danach hatte er in einer Fabrik gearbeitet, in der er meine Mutter kennenlernte. Sie war dort als Näherin beschäftigt. Sie heirateten bald, ob aus Liebe oder weil meine Mutter mit mir schwanger war, konnte ich nicht herausfinden. Der Horizont meines Vaters war eng und meine Mutter erhob sich nicht, sie ordnete sich ihm unter, sodass die Nähstube schnell der Vergangenheit angehörte. Eigene Bedürfnisse schienen ihr nicht wichtig zu sein, schien sie nicht zu haben.

8.

Ein ähnliches Unterordnen erwarteten meine Eltern von mir, doch es klappte nicht. Ich beugte mich nicht. Zwar gehorchte ich und fügte mich, war in jeder Hinsicht abhängig, aber das konnte, durfte nicht der Sinn meines Lebens sein. Ich wollte eine andere Zukunft. Ich wollte keinem Mann das Feierabendbier bringen, ihn bekochen und das als meine Berufung ansehen. Mir genügte das nicht, ich wollte etwas bewirken, etwas bewegen, und das Leben, das Tun sollten selbstbestimmt sein.

Meine Interessen zeichneten sich relativ früh ab, ich mochte fremde Länder und deren Sprachen. Meine Eltern boten sich und mir nicht viel, aber in den Sommerferien fuhren wir in den Urlaub. Und nicht etwa an die Ostsee, sondern ins Ausland. Ich freute mich schon Monate vorher darauf und lernte die jeweilige Landessprache. Für meine Eltern zählte weder die Sprache noch die Kultur, für sie war ausschlaggebend, überhaupt Urlaub zu machen, zu verreisen, um bei Bekannten und Nachbarn vermögender dazustehen. Sie brauchten die Bestätigung, es von unten nach oben geschafft zu haben. Sie hatten es nicht geschafft und ihre Auftritte waren nicht selten peinlich, doch sie glaubten ebendas. Sie fühlten sich groß, trotzdem sie es nicht waren.

Und jeder Versuch von mir, dieser Struktur zu entfliehen, stieß auf Abwehr. Sie warfen mir Undankbarkeit vor, meinten, sie seien mir unangenehm. Ich gab das nicht zu, ließ mir nichts unterstellen, dabei hätte ich ihre Äußerungen zu gern bejaht. Aber ich traute mich nicht, ich hatte Angst vor Ablehnung, Angst vor weiterer Konfrontation. Letztlich scheiterte es an der Verständigung. Ich zog aus, ohne die Wünsche nach dem perfekten Kind erfüllt zu haben. Ich fühlte mich alles andere als perfekt, ich fühlte mich unterlegen und den Herausforderungen des Lebens, des Alltags nicht gewachsen. Ich fühlte mich fremdbestimmt.

9.

So führte mich mein Weg zuerst nach Frankreich. Dort lebte und studierte meine beste Freundin. Bei ihr blieb ich mehrere Monate, jobbte und schrieb mich, eher pro forma, an ihrer Hochschule ein. Manchmal ging ich hin, manchmal nicht. Im Grunde wusste ich gar nicht, was ich tun oder machen wollte. Ich hatte durchaus Ziele, doch die Angst, jene zu hoch gesteckt zu haben, dominierte. Immerhin begann ich langsam zu begreifen, dass ich ein eigenes Leben hatte und dafür selbst verantwortlich war, obwohl mich meine anerzogenen Muster kräftig beeinflussten. Ganz allmählich lernte ich auf eigenen Füßen zu stehen und eigene Entscheidungen zu treffen, und ich erkannte, wie schwierig das sein konnte – oft waren es Kleinigkeiten, die floppten, die mich umrissen. Aber in keinem Moment wollte ich die alte Abhängigkeit zurück.

Von Frankreich aus wechselte ich nach Spanien. Dort fasste ich den Entschluss, meine Sprachkenntnisse beruflich zu nutzen. Der Aufenthalt in Spanien, wo ich ein knappes Jahr blieb, war fraglos anstrengender, weil ich auf mich allein gestellt war. Da war niemand, hinter dem ich mich verstecken konnte oder der mir den Alltag erleichterte. Und doch gehörten diese Monate zu den schönsten meines Lebens und zu den lehrreichsten. Ich hatte nichts, tingelte von einem Ort zum nächsten und finanzierte mich, indem ich deutsche Reisegruppen herumführte oder für sie übersetzte. Zwischendurch musste ich kellnern, um mir ein Zimmer für die Nacht oder eine Fahrkarte zu sichern. Im Rückblick erscheint mir die Zeit weniger heikel und gefährlich, als sie eigentlich war. Mit Mitte zwanzig hatte ich dann zumindest ein paar Antworten auf meine Fragen gefunden und kehrte in meine Heimat zurück.

Ich fühlte mich unheimlich gereift, aber es dauerte noch lange, bis ich mir nicht mehr überlegen musste, wie meine Eltern gehandelt hätten, bis ich mir eine Meinung bilden und diese vertreten konnte. Und gerade als ich soweit war, begegnete mir Guido. Ich konnte es kaum glauben, doch für ihn hätte ich alles sofort wieder aufgegeben. Alles, was ich mir bis dahin erkämpft hatte, verlor an Bedeutung und eine komisch fremde

Sehnsucht nach der klassischen Rolle als Hausfrau und Mutter machte sich breit.

10.

Aber Guido ließ eine feste Beziehung nicht zu, zu wichtig war ihm sein beruflicher Weg. Und meiner, nur kapierte ich das nicht. Ich war mittlerweile Ende zwanzig, die meisten meiner Freundinnen waren verheiratet, hatten Kinder, und ich sehnte mich nach einer Familie, nach einer intakten Familie, mit einem Ehemann und einem Kind, am liebsten einen Sohn. Ich wollte eine eigene Familie, für die ich, um sie zu bekommen, fast jeden Preis gezahlt hätte. Guido konnte mich nicht verstehen, er sah unser Ungebundensein, unser Freisein als Geschenk an und wollte diesen Zustand möglichst erhalten. »Wir brauchen noch Zeit für uns«, sagte er. Doch das Leben nahm uns diese Entscheidung ab.

Obwohl Guido stets aufpasste und meinen Eisprung besser kannte als ich, wurde ich schwanger. Ich war glücklich wie noch nie in meinem Leben und freute mich, im Gegensatz zu Guido. Seine Freude war verhalten, aber er akzeptierte die Schwangerschaft. Er akzeptierte das Kind und mich. Uns blieb nun keine Wahl mehr, wir mussten unsere Zukunft, unser Miteinander planen und die alten Privilegien hinter uns lassen. Guido wollte seine Karriere weiterverfolgen können, das war seine Bitte, sein Anspruch. Und das garantierte ich ihm. Meine Ausbildung wollte ich für einige Monate unterbrechen und nach der Geburt fortsetzen. Das schien mir machbar, ich befand mich eh im Endspurt.

Der nächste Schritt war für Guido riesig – wir kündigten unsere Zimmer und bezogen eine gemeinsame Wohnung. Eine kleine Wohnung mit Balkon am Rande der Stadt, die geräumig genug war, um uns aneinander zu gewöhnen und beiden gerecht zu werden. Mein Bauch wuchs zusehends und das Baby entwickelte sich prächtig. Das Kellnern musste ich bald aufgeben, worüber ich nicht böse war. Ich genoss die Schwangerschaft und bereitete mich auf die Geburt vor. Wir heirateten, und während Guido sich beruflich etablierte und häufig fort war, kam unser Sohn Theo zur Welt.

11.

Ich glaubte, die glücklichste Frau dieser Erde zu sein, doch dann passierte etwas Seltsames. Ich war nicht mehr ich. Mein Sohn, mein Mann und alles um mich herum entfernte sich, wirkte nicht real, verlor an Wichtigkeit, an Wert. Ich fühlte mich leer und unendlich weit weg, mich erreichte nichts. Genau genommen fühlte ich gar nichts.

Guido, der an einem kniffligen Fall arbeitete, bat kurzerhand seine Eltern einzuspringen, und sie sprangen ein. Sie waren uns bzw. mir behilflich, ungern, aber sie halfen. Mir fehlte die Kraft, mich zu widersetzen, mich zu wehren oder mir selbst zu helfen. Außerdem fehlten mir meine Eltern. Von ihnen bekam ich, von guten Ratschlägen abgesehen, keinerlei Unterstützung. Sie waren, wie immer, mit sich beschäftigt.

Die gesamte Situation war paradox. Ich wünschte mir eine eigene Familie, was sich ja erfüllt hatte, und zugleich hatte ich das, was ich vorher nicht wollte. Das zehrte an mir, ich sah meine Ziele kontinuierlich schwinden. Guido war da, so oft er konnte, versuchte, mich zu entlasten, aber ich nahm ihn kaum wahr. Ich nahm mich selbst kaum wahr und zweifelte, an mir und an sämtlichen Ereignissen. Obwohl ich unseren Sohn liebte, war ich wütend auf ihn. Ich verstand die Welt nicht mehr.

Es gab Phasen, in denen ich Theo am liebsten erstickt oder fallen gelassen hätte, und ich weiß nicht, was passiert wäre, wenn die Schwiegereltern nicht permanent zugegen gewesen wären. Obwohl sie mich nicht sonderlich mochten, fingen sie größere Katastrophen ab. Sie versorgten Theo fast rund um die Uhr. Und ich konnte ihnen meine Dankbarkeit nicht zeigen. Es dauerte

Wochen, bis ich mich auf meinen Sohn, auf die neue Situation einstellen konnte. Erst viel später erfuhr ich, dass es sich um eine Wochenbettdepression gehandelt haben musste.

12.

Nach dieser Zeit waren meine Schwiegereltern nicht besser auf mich zu sprechen, im Gegenteil. Ihre Angst, ich könnte Theo vernachlässigen oder ihm etwas antun, überwog. Sie ließen mich nicht aus den Augen. Ich fühlte mich bedrängt, wollte Abstand, doch sie respektierten das nicht. Schlimmer noch, sie kauften sich ein Häuschen in unserer Straße, um bei Bedarf in der Nähe zu sein.

Guido konzentrierte sich auf seine Juristenkarriere und seine Eltern gingen bei uns täglich ein und aus. Sie fanden, es bestünde Bedarf. Ich bat Guido für klare Grenzen zu sorgen, ich hielt es nicht aus, dass sie sich in die Erziehung unseres Kindes einmischten und meinen Tagesablauf bestimmten, mich kontrollierten. Aber Guido bagatellisierte meine Not. Ich solle froh über ihre Hilfe sein, war sein Kommentar. Ich kam mir verraten vor und fühlte mich allein. Ich hatte eine Familie und fühlte mich allein. Die Spannungen zwischen Guido und mir steigerten sich, nahmen bedrohliche Ausmaße an.

13.

Mein einziger Halt war damals Theo. Bloß hatten meine Schwiegereltern die Verantwortung für mein Kind übernommen, und sie waren oberschlau. Ich konnte nicht einmal mit Theo spielen oder spazieren gehen, ohne dass sie mir hineinfunkten. Doch ich wich ihm nicht von der Seite, egal, was sie sagten. Und es war herrlich, dass sein erstes Wort »Mama« war.

Als Guido schließlich begriff, dass unsere Ehe, unsere kleine Familie an seinen Eltern zu zerbrechen drohte, war unser

Sohn bereits eineinhalb Jahre alt. Theo übte zu sprechen und zu laufen, er erkannte mich als seine Mutter an, lachte, wenn er mich sah, trotzdem erfasste er die Konkurrenz zwischen meiner Schwiegermutter und mir. Er wusste nicht, wohin er laufen sollte, wenn er uns zusammen sah. Guido tat das ab, bis Theo eines Tages »Papa« zu seinem Großvater sagte und bei ihm, seinem Vater, fremdelte.

Beruflich hatte Guido mittlerweile eine Position inne, die ihm einiges Ansehen verschaffte und die sich positiv auf unsere finanzielle Lage auswirkte. Zu einschneidenden Veränderungen, wie einem Umzug in ein anderes Viertel, war er jedoch nicht bereit, das ging ihm zu schnell. »Ich muss nachdenken«, sagte er, und schlug einen Urlaub zu dritt vor. Den Ort konnte ich mir aussuchen. Und ich suchte mir die Provence aus. Französisch war meine erste Fremdsprache, so konnte der Urlaub neben der Chance für unsere kleine Familie ein guter Wiedereinstieg in mein Studium sein. Ich fühlte mich um Jahre zurückversetzt, voller Elan, voller Energie, und war Guido ungeheuer dankbar.

Dieser Urlaub machte eine Menge wett. Guido und ich entdeckten uns neu, Theo erlebte uns drei als Familie und ich konnte in meine Rolle finden, als Ehefrau von Guido und Mutter für Theo. Wir genossen die Zeit und überlegten gemeinsam, was wir lange nicht konnten, wie sich unsere Zukunft gestalten sollte. Guidos Bedingung für einen Umzug war, dass ich weiter studierte, sobald Theo einen Kindergartenplatz hatte. Idealer konnte eine Bedingung nicht sein. Wir machten uns auf den Heimweg und das Glück schien, wie schon des Öfteren, mit uns zu sein.

Doch kaum zu Hause angekommen, holte uns der Alltag ein. Von einem Umzug war keine Rede mehr. Guido verschwand im Büro und seine Eltern fielen mir mit ihrer vorgeschobenen Hilfsbereitschaft auf die Nerven. Theo allerdings hielt sich seit dem Urlaub verstärkt an mich. Er war wissbegierig und löcherte mich mit seinen niedlichen Fragen. So ahnte ich nicht, dass Guido sich hinter meinem Rücken um etwas Eigenes bemühte.

14.

Im Nachhinein ahnte ich es leider nicht. Ich war schwanger und konnte es ihm nicht sagen – ich hatte Angst, dass sich alles wiederholen würde. Und ich wollte auf mein Studium nicht verzichten. Kurzum, ich entschied mich gegen das Kind und fuhr offiziell zu einer Freundin. Ich wollte nicht wissen, gegen wen oder was ich mich entschied, ich wollte es schlicht loswerden. Und ich wurde es los, ohne Tränen, ohne jegliche Emotion. Ich konnte kein Gefühl entwickeln, wie schon damals nach Theos Entbindung, nicht fühlen, es passierte ohne mich. Mein Tun erachtete ich als völlig in Ordnung, ich dachte nicht einen Moment darüber nach, dass ich den Tod eines, meines Kindes zu verantworten hatte. Guido und meine Schwiegereltern bemerkten nichts, nur Theo spürte, dass etwas anders war, er war anhänglicher als sonst. Und diese Nähe blieb von da an zwischen uns.

Guido glaubte, ich zog mich wegen der erdrückenden Situation zu Hause zurück, und weil ich nichts dagegen setzte, versuchte er geduldig, zwischen seinen Eltern und mir zu vermitteln, Vereinbarungen zu treffen und eine gesunde Distanz herzustellen. Anfangs hielten seine Eltern sich auch an die Vereinbarungen, an den Abstand, und ich nutzte das, kümmerte mich um Theo und lernte meine Sprachen, bis die bekannten Nörgeleien erneut die Oberhand gewannen. Sie fanden, mir das Kind abnehmen zu müssen, weil ich der Doppelbelastung nicht gewachsen sei, es aufgrund der Lernerei zu viel für mich würde und es für Theo ohnehin das Beste sei, wenn er feste Bezugspersonen hätte. Ich galt bei ihnen nicht und meine Meinung auch nicht.

Guido beobachtete das Geschehen und hielt sich heraus, äußerte sich nicht. Ich empfand sein Verhalten als egoistisch, als kalt mir gegenüber. »Du kannst oder willst mich nicht verstehen, mich nicht nachvollziehen«, warf ich ihm vor. Und dass das Projekt Familie zwangsläufig zum Scheitern verurteilt sei. Er hörte sich meine Vorwürfe ohne etwas zu erwidern an und ging.

Er drehte sich einfach um, knallte die Tür hinter sich zu und ging. Meine Worte waren emotional und ungerecht, doch das war mir egal. Ich war wütend auf alles und jeden, vor allem auf Guido, und nicht zuletzt auf mich selbst. Und ich war traurig, unbeschreiblich traurig, bloß weinen konnte ich nicht.

Guido tauchte vier Tage lang ab, er war für niemanden erreichbar, nicht einmal für seine Eltern. Niemand wusste, wo er steckte, im Büro hatte er sämtliche Termine abgesagt. Meine Wut verwandelte sich in Angst, plötzlich hatte ich Angst um meinen Mann. Und ich hatte Angst, allein zu sein, allein gelassen, gar verlassen worden zu sein. Theo vermisste seinen Vater nicht weniger und meine Schwiegereltern gaben mir die Schuld an der Misere. Doch ihre Schuldzuweisungen berührten mich nicht, sie ärgerten mich, aber sie berührten mich nicht, zu viel trennte uns voneinander.

In diesen vier Tagen bewegte sich eine Menge in mir. Ich wollte Guido auf keinen Fall verlieren und hoffte, ihn nicht schon verloren zu haben. Ich krallte mich an Theo fest und wollte alles richtig machen, wollte, dass Guido zurückkommt. Er fehlte mir, und ich konnte nicht weinen. Ich hatte keinen Zugang zu meiner Traurigkeit, als ob die Tür dorthin verschlossen blieb.

15.

Dann kam Guido zurück. Nachdem ich Theo abends zu Bett gebracht hatte, stand er vor mir. »Ich war unterwegs«, sagte er, »musste sein«, und umarmte mich. Vielleicht waren wir uns nie näher als in diesem Moment. Ich fragte nicht, wo er war, auch später nicht, ich wusste nur, dass wir zusammengehörten und unser Zusammenbleiben Arbeit bedeutete. Vorwürfe machten wir uns keine. Ich liebte ihn und bestritt diese Liebe nicht wieder.

Wir redeten ausführlich an jenem Abend und mussten uns beide eingestehen, dass wir mit der Zeit vergessen, verlernt hatten, uns zu vertrauen. Während ich traurig und wütend war, hatte er unsere Möglichkeiten durchdacht und war aktiv geworden. Er hatte in verschiedenen Stadtteilen Grundstücke und Häuser besichtigt, die für uns kalkulierbar waren. Er hatte sogar darauf geachtet, dass wir dort alles allein deichseln konnten – ohne seine Eltern. Das war sensationell. Ich musste mir die einzelnen Objekte nur ansehen und zustimmen.

16.

Und ich stimmte zu. Wir einigten uns auf ein Haus mit Garten in einer neu entstandenen Siedlung. Die Vorbesitzer hatten private Probleme und sich mit dem Bau übernommen. Kindergarten, Spielplatz, Ärzte und Einkaufsmöglichkeiten waren fußläufig erreichbar und die Lage angenehm ruhig, prima für junge Familien. Das Haus war quasi bezugsfertig – die Wände waren verputzt, die Anschlüsse gelegt und die Fußböden gefliest. Wir konnten es ganz nach unserem Geschmack einrichten.

Plötzlich waren sämtliche Probleme wie weggefegt. Ich weinte. Zum ersten Mal seit Wochen konnte ich weinen, und Guido war da, er spürte die Last, die von mir abfiel. Seine Eltern jedoch waren alles andere als einverstanden oder begeistert. Sie beschimpften Guido, sie hintergangen zu haben, und zweifelten meine Kompetenzen, meine mütterlichen Fähigkeiten an. Guido blieb erstaunlich gelassen. »Ich habe mich entschieden«, sagte er. Er verteidigte mich und uns, was sich gut, fast unwirklich anfühlte.

Die Monate bis zu unserem Umzug waren anstrengend und wollten nicht vergehen. Ich war mit Planen und Kartons packen beschäftigt, während meine Schwiegereltern ihre Intrigen auf die Spitze trieben. Sie überlegten sich permanent neue Gemeinheiten, sie ließen nichts aus, um ihren Sohn und mich auseinanderzubringen. Aber Guido beeindruckte das nicht, er durchschaute ihr Spiel. Selbst als sie versuchten, Theo gegen mich aufzuhetzen, erkannte und unterband er das.

Als schließlich der Möbelwagen organisiert und unsere Wohnung ausgeräumt war, als Theo einen Kindergartenplatz sicher und ich mein Studium offiziell wieder aufgenommen hatte, ging es bergauf. Zwar überschlugen sich die Ereignisse, doch das tat mir gut. Ich malerte, tapezierte, packte aus, und konnte endlich verantwortlich sein, für Theo und für mich. Mir wurde nichts mehr abgenommen und niemand drängte sich dazwischen.

Unser Haus wurde traumhaft schön, von innen und von außen. Theo arrangierte sich bald mit der Umgebung und dem Kindergarten, er lebte sich ein und fand Spielkameraden. Guido und ich fühlten uns ebenfalls wohl, die Atmosphäre war entspannter denn je. Mitunter rief er zweimal am Tag an, um nachzufragen, ob zu Hause alles in Ordnung war. Er kümmerte sich nun, als Ehemann und als Vater.

Langsam kehrte in mir Ruhe ein. Ich hatte ein eigenes Arbeitszimmer und lernte oder besuchte meine Kurse, wenn die beiden fort waren. Ein paar Prüfungen standen noch aus, dann hatte ich es geschafft. Und hiervor war ein kurzer Spanienaufenthalt geplant, währenddessen Guido sich freinehmen wollte, um unseren Sohn zu versorgen. Ich verließ mich auf Guido, ich konnte mich auf ihn verlassen.

17.

Das Lernen fiel mir erstaunlich leicht und die Prüfungen rückten schnell näher. Die anfängliche bestand ich locker, was auch an Guidos Unterstützung lag. Er half, wo er konnte. Dann allerdings handelte ich mir einen Virus ein – nicht untypisch bei Menschen in oder nach Stresssituationen, so glaubte ich – und der Spanienaufenthalt geriet ins Wanken. Doch ich wollte unbedingt fahren und kurierte herum, bis ich los konnte. Als ich in Madrid ankam, wurde ich richtig krank. Mir war speiübel, ich fühlte mich müde und konnte mich kaum auf den Beinen halten, an Land und Sprache war überhaupt nicht zu denken. Schließlich fuhr ich zurück, die Vernunft hatte gesiegt.

Gereizt und unzufrieden stapfte ich zu meinem Hausarzt, der untersuchte und beglückwünschte mich – ich war schwanger. Ich hatte an alles gedacht, nur nicht an eine Schwangerschaft, es deutete nichts darauf hin. Zwar hatte ich häufiger Schmierblutungen, doch die hatte ich auf den zurückliegenden Abbruch geschoben. Ich war nicht einmal auf die Idee gekommen, so schnell wieder schwanger werden zu können. Aber ich war schwanger und für einen Abbruch war es diesmal zu spät.

Schon als der Arzt mir die Diagnose mitteilte und seinen Glückwunsch aussprach, lehnte ich das Baby ab, ich wollte es nicht. Bei Theo hatte ich mich gefreut, doch hier stellte sich keine Freude ein, es stellte sich gar nichts ein. Ich lief nach Hause, irgendwie teilnahmslos, kochte mir einen Tee und begann das Kind zu hassen. Obwohl es nichts dafür konnte, hasste ich es. Ansonsten empfand ich nichts für dieses Kind, es wollte sich keine positive Empfindung einstellen, oder ich wollte, dass sich nichts Positives einstellte, zu sehr war ich mit den Nachteilen beschäftigt, die es mit sich bringen würde. Es durchkreuzte nicht bloß sämtliche Pläne, es durchkreuzte alles.

Und vielleicht hinderte mich die Angst vor noch Schlimmerem, vor einem Misslingen und dem, was dann auf mich zuschwemmte, eigenhändig gegen dieses Wesen in mir vorzugehen. So ignorierte ich das Kind. Meine Gedanken behielt ich für mich, ich vertraute sie niemandem an, weder meiner besten Freundin noch meinem Mann. Ich vermutete nicht, dass Guido von der Schwangerschaft begeistert sein würde, aber von meiner Zwiespältigkeit verschonte ich ihn.

18.

Guidos Reaktion entsprach meinen Erwartungen. Er nahm die Schwangerschaft zur Kenntnis, ohne Begeisterung und ohne Vorwurf, dafür war ich ihm dankbar. Mit der Situation waren wir beide überfordert, unsere Gespräche veränderten sich, wurden oberflächiger, wir mieden uns und wichen uns aus. Guido fuhr ins Büro und ich lernte für die Prüfungen, wir rissen uns zusammen.

Manchmal verspürte ich den Wunsch, mir die Faust oder einen anderen Gegenstand in den Bauch zu rammen, doch ich tat es nicht. Und ich beherrschte mich regelmäßig, nicht von der Treppe zu springen, um es loszuwerden. Wenn ich Lust hatte, trank ich ein Glas Wein oder zwei, einfach so, das Kind interessierte mich nicht. Mich interessierte auch nicht, ob es ein Mädchen oder ein Junge wurde, es störte nur. Zu allem Überfluss gab es Komplikationen. Es handelte sich um eine Risikoschwangerschaft, was schon bald ständige Krankenhausaufenthalte und Bettruhe bedeutete. Wenigstens holte Guido seine Eltern nicht zu Hilfe, er bemühte sich um Theo und um mich, obgleich wir uns emotional stetig weiter voneinander entfernten.

Mein Studium unterbrach ich nicht, wollte ich nicht. Ich wollte endlich einen Abschluss, ein Diplom, auf das ich stolz sein konnte, das mir zeigte, dass die vielen Jahre nicht umsonst oder wieder verloren waren. Also lernte ich im Bett und bei jeder sich bietenden Gelegenheit, ohne Theo dabei zu vernachlässigen. Das Kind in mir beachtete ich nicht. Guido kaufte ein, kochte, wusch ab und putzte das Haus. Mitunter streichelte er meinen Bauch und probierte eine Nähe zu unserem Kind aufzubauen. Ob er diese Nähe fühlen konnte, wusste ich nicht. Mir jedenfalls fiel es täglich schwerer, das Baby mit seinen Bewegungen in meinem Bauch zu ertragen. Gleichzeitig wünschte ich mir, dass es nicht vor dem errechneten Termin zur Welt kam. Ich hoffte, erst mit dem Diplom in der Tasche zum zweiten Mal Mutter zu werden.

19.

Doch Britta richtete sich nicht nach meinen Wünschen. Sie kam fast sechs Wochen zu früh und war ein Schreikind. Sie schrie rund um die Uhr und trieb mich von der totalen Hilflosigkeit fast in den Wahnsinn. Immerhin blieb ich, das war meine nächste Sorge, von einer Wochenbettdepression verschont. Trotzdem war ich wütend und aggressiv. Ich konnte meine Tochter nicht annehmen. Ich schaffte es nicht, mich ihr zu widmen oder ihr Liebe zu geben. Ich machte sie für alles, für alles, das misslang oder nicht in meinem Sinne gelang, verantwortlich. Wenn sie schrie, musste ich mich beherrschen, ihr nicht ein Kissen auf das Gesicht zu drücken. Bei Theo hatte ich ähnliche Gedanken, aber jene schienen nichts mit mir zu tun zu haben, nicht zu mir zu gehören. Bei Britta war das anders, sie war meinem Herzen fern, sie erreichte mich nicht, und manchmal hatte ich das intensive Bedürfnis, dieses Kind ungeschehen zu machen, was kaum möglich war. So schrie sie weiter, und je heftiger sie schrie, desto gleichgültiger wurde sie mir.

Guido war nicht weniger verzweifelt. Nach der Geburt blieb er für einige Tage zu Hause und trug Britta herum – er hatte ein Tragetuch besorgt. Sie beruhigte sich tatsächlich, doch sobald er sie ablegte, fing sie wieder an zu schreien. Er hatte den besseren Zugang oder überhaupt einen Zugang zu ihr. Oft lehnte ich in der Tür und beobachtete die beiden, Guido legte seine Tochter auf die Wickelkommode, kitzelte sie oder küsste sie auf den nackten Bauch, und Britta lächelte, lachte gar. In meiner Gegenwart verzog sie keine Mine, außer sie schrie.

20.

Dann folgte der Tag, an dem ich meine Ruhe haben wollte, einfach meine Ruhe haben wollte. Und ich wollte mich um Theo kümmern, er musste seit Brittas Geburt ständig verzichten. Ich bereitete meiner Tochter das Fläschchen zu und streute eine Viertel Schlaftablette hinein, ich hielt das Geschrei nicht mehr aus. Sie kriegte von Beginn an die Flasche, ich wollte sie nicht stillen, ich belog mich selbst und redete mich mit meinem Beruf heraus. Bei Theo waren die Umstände andere, ihn hätte ich gern gestillt, konnte es aber nicht. Bei Theo hatte ich deswegen ein schlechtes Gewissen, eine gute Mutter stillt doch ihr Baby, bei Britta meldete sich kein Gewissen. Sie entwickelte sich ja trotz Flasche und Schreien recht gut. Sie wuchs und nahm ihrem Alter entsprechend zu – bis zu diesem verhängnisvollen Tag, an dem ich beinahe alles zerstört hätte.

Nachdem ich Britta die Flasche gegeben hatte, packte ich sie in ihr Bettchen und ging. Längst hatte ich mir angewöhnt, sie schreien zu lassen, sie hinzupacken, hinauszugehen und sie schreien zu lassen. Ich hatte nicht das Bedürfnis, sie zu beruhigen oder zu trösten, die Wut und die Ablehnung in mir waren zu groß. An diesem Tag schrie Britta beim Hinausgehen nicht, sie war eigenartig still, obwohl die Tablette kaum gewirkt haben konnte. Ich ging dennoch und ließ sie allein. Theo hatte ich morgens nicht in den Kindergarten geschickt, ich wollte ein paar Stunden für uns, nur für uns. Und Theo genoss die Zeit mit mir, wir genossen sie beide.

Am späten Vormittag schaute Guido herein, er hatte einen Hefter auf dem Schreibtisch vergessen. Die Ruhe, die mir überhaupt nicht aufgefallen war, machte ihn sofort stutzig. Er warf seine Tasche zu Boden und raste in das Kinderzimmer. Ich schubste Theo in sein Zimmer und lief ihm nach. Britta lag blau angelaufen in ihrem Bettchen, sie atmete nicht mehr. Guido riss das Kind hoch, streichelte und schüttelte es sanft. Britta stieß einen Seufzer aus und ihre Atmung setzte wieder ein. Ich stand fassungslos daneben, das hatte ich nicht gewollt.

Guido sah mich an, wartete auf eine Antwort. Als ob er ahnte, dass ich etwas damit zu tun hatte. Doch ich konnte nichts sagen, bloß, dass es meine Schuld war. Erst als Guido fragte, ob es Konsequenzen für uns haben könnte, wenn wir sie ins Krankenhaus brächten, gestand ich ihm unter Tränen, was ich gemacht hatte. Sein Blick zeigte tiefste Verachtung, frei von jedem Verständnis. Noch nie war er mir so begegnet. Ich konnte ihn verstehen, als Mutter hatte ich kläglich versagt.

Guido brachte die Kleine zum Kinderarzt, welche Lüge er sich unterwegs ausdachte, erfuhr ich nicht. Jener verwies ihn an die Kinderklinik, sie sollten Britta zur Beobachtung und genaueren Abklärung vorläufig dort behalten. Ihm fehlten dazu die Geräte. Doch statt in die Klinik zu fahren, kam Guido zurück und wir sprachen uns aus, sein Vorwurf verschwand, seine Verachtung nicht. Wir beschlossen, unser Kind in dieser Nacht bei uns, zwischen uns schlafen zu lassen, sie selbst zu beobachten und einzugreifen, falls es notwendig wurde. Das war unverantwortlich, gleichwohl entschieden wir so. In dieser Nacht taten wir kein Auge zu. Guido drückte das Kind an sich, und ich streichelte es – und empfand etwas dabei.

21.

Am nächsten Morgen brachten wir Britta in die Klinik. Mittags lag sie bereits verkabelt auf der Intensivstation, sie hatte einen Herzfehler. Bei den üblichen Vorsorgeuntersuchungen war der Defekt nicht aufgefallen, das hätte spezieller Untersuchungen bedurft. Ich war abgrundtief erleichtert auf der einen Seite, und total machtlos auf der anderen. Mehr noch, plötzlich war mir das Kind nah. Ob es sich dabei um Liebe handelte, konnte ich nicht sagen, aber es stellte sich nach Monaten der Ablehnung ein positives Gefühl ein. Trotzdem stand Britta oder das, was ich ihr beinahe angetan hätte, von da an zwischen Guido und mir. Er sagte nichts, doch seine Enttäuschung zeigte er offen.

Die nun folgenden Wochen waren hart für uns. Theo ging in den Kindergarten oder blieb bei den Schwiegereltern, sogar meine Eltern boten sich an, und Guido und ich wechselten uns ab, bei Britta zu sein. Eigentlich waren Besuche in der Kinderklinik nicht die Regel, aber Guido setzte sich durch. Uns war alles recht, Hauptsache, Britta schaffte es. Guido war mittlerweile ein anerkannter Wirtschaftsjurist und mein Studium war mir angesichts der Zwischenfälle vollkommen egal geworden.

Britta musste die verschiedensten Untersuchungen erdulden. Ihre Qual wirkte auf mich unermesslich, und ich war froh, dass ich diese Qual sehen konnte, ihr Schicksal mich berührte. Ob Britta meine Veränderung spürte, konnte ich nicht erfassen. Sie reagierte zwar in meiner Gegenwart, doch auf Guido reagierte sie anders. Bei mir schien sie nicht zu wissen, woran sie war. Konnte sie ja auch nicht. Sie schloss die Augen, wenn sie mich wahrnahm. Und sie schrie nicht mehr, sie machte sich überhaupt nicht mehr bemerkbar. Damals redete ich mir ein, dass die Medikamente der Grund waren. Doch es waren nicht die Medikamente, ich war es, sie vertraute mir nicht.

Meine Veränderung war spontan und ich hoffte, dass sie anhielt. Ich wünschte mir, dass Britta gesund werden sollte, und konnte es mir nicht vorstellen. Ich konnte mir nicht vorstellen, sie heiter, gesund und, wie Theo, herumtollend zu erleben. Bei Britta war alles mit einem Makel, mit Schwierigkeiten behaftet.

Nach etlichen Tagen des Bangens sollte unserer Tochter schließlich durch einen mehrstündigen Eingriff geholfen werden. Ein Eingriff, der weder Alltag noch Routine war. Ich saß an ihrem Bettchen, streichelte sie, war bei ihr und drang nicht zu ihr durch. Kaum betrat Guido den Raum, entspannten sich ihre Gesichtszüge. Selbst im Beisein der Krankenschwestern wirkte sie entspannter als bei mir. Man erkannte gleich, auch Fremde erkannten das, wen sie bei sich haben mochte und wen nicht. Und mir fiel auf, zugleich erschreckte es mich, dass sie die Nadeln, die Maschinen meist ohne Tränen akzeptierte, sie nahm alles hin. Sie lag einfach da und nahm alles hin.

Je näher der Operationstermin rückte, desto größer wurde meine Angst um Britta. Gerade hatte ich sie in mein Herz geschlossen, sollte ich sie wieder hergeben. Mit Guido konnte ich nicht reden, er litt für sich allein. Ich hatte nicht teil an seiner Angst, seiner Verzweiflung, seinen Gedanken. Nach außen merkte man uns nichts an, doch innerlich fanden wir nicht zueinander.

22.

Meine und Guidos Eltern griffen uns unter die Arme, sie waren da, bedingungslos, und das verwirrte mich vollends. Von meinen Eltern hätte ich das nicht erwartet und bei meinen Schwiegereltern vermutete ich hinter jeder Handlung, hinter jedem netten Wort eine Intrige, eine Gemeinheit. Doch nichts dergleichen war der Fall, unsere Eltern näherten sich uns an und wir uns ihnen.

Mein Vater war mittlerweile Rentner, von Alter und Krankheit gezeichnet und völlig vernarrt in Theo. Manchmal glaubte ich, dass er in ihm den Sohn sah, den er nicht hatte, und nun so etwas wie eine Versöhnung mit dem, was er hatte, stattfinden konnte. Er war milde geworden, er fragte nicht nach meinem Beruf oder ob ich meine Ziele erreicht hatte. Er fragte nicht, ob ich dort angekommen war, wo ich wollte, oder ob ich den Weg weiter verfolgt, der uns vor Jahren auseinandergebracht hatte. Die ewige Distanz blieb zwischen uns.

Meine Mutter hingegen fragte, sie wollte vieles wissen, und ich gab bereitwillig Auskunft. Mir war klar, dass sie meinem Vater nichts erzählen würde, sie schwieg alles in sich hinein. Ihre Einsamkeit belastete mich schon als Kind. Aber sie beschwerte sich nicht, sie empfand sich nicht als einsam. Sie war bescheiden und arrangierte sich, mit meinem Vater und mit sich. Und sie rügte mich nicht. Nicht, weil unsere Wege sich getrennt hatten, und nicht, weil sich einiges doch anders oder ihren Prophezeiungen nach entwickelt hatte. Ich rechnete ihr hoch an, dass sie mir das ersparte und sich heraushielt. Ich hatte eh schon das Gefühl, versagt zu haben.

Zwischen Guidos und meinen Eltern herrschte eine gewisse Rivalität, besonders, wenn sie Theo umgarnten, um seine Aufmerksamkeit buhlten. Guidos Eltern fühlten sich meinen überlegen. Meine Mutter verdrängte das, doch tief in ihr nagte es. An meinem Vater prallte das ab, er war wie immer. Er kommandierte meine Mutter herum und entwertete sie. Mich machte wütend, dass mein Vater war, wie er war, meine Mutter sich nicht wehrte und meine Schwiegereltern sich so aufbliesen. Gleichwohl war meine Angst um Britta größer als meine Wut, daher unternahm ich nichts, sagte auch nichts.

23.

Guido indes verbrachte jede freie Minute bei Britta. Ihn interessierten weder seine Eltern noch meine Eltern, wobei er das Wachsen der Familie durchaus erfasste. Brittas Zustand schwankte, gerade ging es ihr gut, doch Augenblicke später konnte das ganz anders sein. Dementsprechend musste die OP zweimal verschoben werden. Mir tat mein Kind leid, und Guido war gereizt und zugeknöpft.

Als Britta dann operiert wurde, saßen wir beide im Aufenthaltsraum und warteten. Entgegen der Ratschläge der Ärzte, die meinten, dass wir ohnehin nichts tun könnten. Wir warteten auf einen neuen Anfang oder auf ein Ende, wir zogen alles in Betracht, auch wenn Guido nichts Negatives hören wollte, sich sträubte, überhaupt an einen schlechten Ausgang zu denken. Mich plagten Schuldgefühle, vielleicht plante ich das Scheitern des Eingriffs ein, weil ich Britta abgelehnt hatte, sie weghaben wollte.

Nach ein paar Stunden war das zermürbende Warten beendet. Britta wurde zurück auf die Intensivstation geschoben und wir damit getröstet, dass die OP erfolgreich verlaufen, die nächsten Stunden und Tage jedoch entscheidend seien. »Sie braucht Ruhe«, sagten die Ärzte, und uns blieb keine andere Wahl, als weiter abzuwarten. Guido schien in diesen Tagen um Jahre zu altern, bei mir war es ähnlich. Die Anspannung hinterließ sichtbare Spuren.

Bloß Theo war erstaunlich flexibel. Wir erklärten ihm, dass Britta ein schwaches Herz hatte und wir sie möglichst wenig allein lassen wollten. Er verstand das, weinte, weil er nicht zu ihr durfte, ihr nicht helfen konnte. Er bastelte für sie, fragte nach ihr und triumphierte, wenn seine Großeltern ihn verwöhnten. Mitunter wirkte Theo erwachsener als wir. Der Tod war für ihn nichts Dunkles, sondern etwas, das zum Leben dazugehörte. Er sprach aus, was wir alle vermieden. Meinen Vater überforderte er schlicht, als er Britta im Spiel den Platz des Engels zuwies. Und ihn, aufgrund seines »hohen« Alters, gleich daneben stellte. Zu diesem Zeitpunkt war mein Vater schon sehr krank, was wir aber, abgesehen von meiner Mutter, nicht wussten, nur ahnten.

Britta erholte sich zunehmend, Rückschritte inklusive, und konnte auf die Kinderstation verlegt werden. Sie war ruhig geworden, zu ruhig, doch die Ärzte sagten, sie sei okay. »Heilung braucht Zeit.« Manchmal sah sie mich mit ihren hellen Augen an, und es gelang mir nicht, in ihnen zu lesen. Theo konnte mich ansehen und mir war klar, was er meinte, bei Britta war das anders. Sie verschloss sich mir, und ich war mir nicht sicher, ob wir uns je annähern würden. Sie hatte sich irgendwie von mir abgewandt. Guido erkannte, was ihr fehlte und was sie wollte, ich nicht.

Auch unsere Eltern wechselten sich mit ihren Besuchen bei Britta ab. Meine Mutter hatte schnell einen Zugang zu ihr, mein Vater mochte keine Kliniken und begleitete seine Frau selten. So schaffte er es nicht, eine Beziehung zu Britta aufzubauen. Und die Anwesenheit meiner Schwiegereltern wurde ihr gelegentlich zu viel, sie wurde unruhig und weinte.

24.

An dem Tag, an dem Britta aus der Klinik entlassen wurde, starb mein Vater. Am Abend zuvor saßen er und ich bei einem Glas Wein zusammen, und er erzählte, wie er meine Mutter kennen- und lieben gelernt hatte. Bis dahin hatte ich ihn nicht derart offen und ausgeglichen erlebt. Es war, als ob er sein gesamtes Leben in meinem Beisein Revue passieren ließ. Ohne erklären zu können, was das mit mir machte, machte es etwas mit mir. Zum Abschied umarmten wir uns, wir gingen auseinander und umarmten uns zum ersten und letzten Mal.

Der Anruf meiner Mutter erreichte uns, als wir Britta abgeholt und ins Bett gelegt hatten. Britta war so friedlich und ruhig, dass wir lange da standen und sie beobachteten. Trotzdem wartete ich, dass sie wieder zu schreien und alles von vorne beginnt. Theo war im Kindergarten und wollte anschließend bei meinen Schwiegereltern bleiben. Guido und ich wollten uns nur um Britta kümmern, wir hatten einiges nachzuholen. Ob ich meine Versäumnisse nachholen konnte, wusste ich nicht, aber ich wollte es versuchen. Ich hoffte durchzuhalten, sie lieben zu lernen.

Doch dann überschlugen sich die Ereignisse. Meine Mutter informierte uns, dass mein Vater seit einiger Zeit an Krebs litt und sich sein Befinden plötzlich verschlechtert hatte. »Es ist ernst«, sagte sie, »er ist im Krankenhaus und möchte dich sehen.« Und ich solle mich beeilen. Guido blieb bei Britta und ich stürzte sofort los.

Als ich meinen Vater dort liegen sah, erkannte ich ihn fast nicht, er war nicht mehr der Mann, mit dem ich abends noch ein Glas Wein getrunken hatte. Meine Mutter und ich waren bei ihm, als er starb. Er hielt unsere Hand, röchelte und schlief ein. Er sagte nichts, doch er hatte ein Lächeln im Gesicht. Meine Mutter erzählte hinterher, dass die Krankheit längst ihr beider Leben bestimmte, und sie vorbereitet waren. Und, dass sein heimlicher Wunsch, die Familie vereint zu erleben, sich noch erfüllt hatte.

Ich hatte meinem Vater eine Menge zugetraut, aber nicht, dass die Familie ihm wichtig war. Fälschlicherweise glaubte ich, meine Mutter sei die treibende Kraft. Aber darüber wollte und konnte ich in diesem Moment nicht nachdenken. Nun galt es, Theo den Tod seines Großvaters beizubringen, Britta lieb zu gewinnen und auf meine Mutter achtzugeben. Sie organisierte, funktionierte und brach nach der Beerdigung meines Vaters zusammen – es war zu viel geworden. Guido und ich überlegten nicht lange, wir packten ein paar Sachen und holten sie zu uns. Ich liebte Guido für diese, seine Selbstverständlichkeit.

25.

Die Anwesenheit meiner Mutter war für uns alle ein Segen. Sie mischte sich nicht ein, weder in die Erziehung der Kinder noch in den Haushalt oder in unsere Ehe. Sie lebte bei uns, mit uns und erdrückte uns nicht. Wobei sie sich regelmäßig zurückzog. Wir hatten unter dem Dach zwei freie Zimmer – wegen der wir das Haus beinahe nicht genommen hätten, weil es uns zu groß war –, in denen sie wohnte, die ihr Stille boten.

Die Wochen verstrichen und meine Mutter trauerte, sie haderte mit ihrer Situation. Über Jahrzehnte hatten meine Eltern bloß sich, Kontakte nach außen existierten nicht, wollten sie nicht. Und jetzt war meine Mutter allein. Allein und traurig. In ihre Wohnung ging sie kaum, sie konnte nicht, die Erinnerungen waren zu belastend. Sie klagte nicht und beklagte sich nicht, doch Guido und ich spürten, dass eine Entscheidung her musste, wenn wir sie nicht verlieren wollten.

Meine Mutter war damals jünger als ich heute, und mir scheint, als ob Welten dazwischen lägen. Nach etlichen Diskussionen willigte meine Mutter schließlich ein, ihre Wohnung aufzulösen und ganz zu uns zu ziehen. Sie hatte Angst, uns lästig zu sein, meinte, zu stören. Doch das tat sie nicht, sie störte nicht. Ich, wir brauchten sie. Vor allem Britta, zu der sie eine intensive Beziehung aufgebaut hatte, brauchte sie.

26.

Britta ließ sich von mir wickeln und füttern, doch darüber hinaus ertrug sie meinen Körperkontakt nicht. Sie wehrte mich ab, indem sie starr und bewegungslos wurde, sobald ich sie streicheln oder berühren wollte. Und je öfter ich ihre Nähe suchte, sie auf den Arm nahm, desto unruhiger wurde sie. Sie schrie wieder, wenn ich allein mit ihr war oder zu viel Nähe provozierte. So sehr ich sie indes mochte, so sehr musste ich mich beherrschen, nicht in mein altes Schema zurückzufallen. Ich hatte richtig Angst, aggressiv zu werden, sie mit Worten oder gar körperlich zu verletzen, weil ich mich bemühte und sie emotional nicht erreichte. Ich sah, wie Guido ihr begegnete und sie ihm, was mich ratlos machte. Bei ihm spürte sie, dass sie geliebt wurde, bei mir nicht. Ich liebte sie auch, nur anders vielleicht.

Meine Mutter hatte zu Britta einen außergewöhnlichen Draht. Von ihr ließ sie sich streicheln, auf den Arm nehmen oder einfach gern haben. Zwischen ihnen genügten Blicke, um sich auszutauschen. Britta fühlte sich in ihrer Gegenwart sicher, und meine Mutter gab ihr die Sicherheit, die sie brauchte. Manchmal erinnerte mich das an meine Kindheit. Es war die Sicherheit, die ich selbst vermisst hatte, die meine Mutter mir nicht geben konnte. Das erfüllte mich mit Neid. Ich war neidisch und eifersüchtig auf meine eigene Tochter, weil sie die Liebe kriegte, die ich als Kind nicht gekriegt hatte.

So passierte es, dass ich Britta immer häufiger übersah. Ich hatte keine Lust, mich ständig unnütz zu bemühen, von ihr kam ja nichts zurück. Theo zeigte mir seine Zuneigung, bei Britta erwartete ich nicht einmal mehr, dass die Zeit etwas verändern würde. Sie hatte sich andere Bezugspersonen gesucht. Rückblickend auf mein Verhalten konnte ich ihr das nicht verübeln, aber ich verübelte es ihr.

Was meine Mutter angeht, musste ich mich oft zügeln. Obwohl wir sie brauchten und ich sie liebte, konnte ich nur schwer ertragen, dass sie in vielen Dingen geschickter war als ich. Genau in den Dingen, die ich früher unbedingt anders haben wollte. Und meine Mutter hatte ein riesiges Einfühlungsvermögen, ohne sich dabei selbst hervorzutun. Sie besaß eine höhere Empathiefähigkeit als ich. Früher tat ich diese Fähigkeit als Schwäche ab, und nun war es das, was mich von Britta fernhielt. Im Gegensatz zu meiner Mutter fühlte ich nicht, was mein Kind brauchte. Ich glaubte bloß zu wissen. Bei Theo kam ich hier nicht in Bedrängnis, es bedurfte keiner besonderen Fähigkeit, ihm nahe zu sein. Und er seinerseits stellte diesen Anspruch nicht, oder ich empfand es nicht so.

Letztlich führte wohl eben das Einfühlungsvermögen dazu, dass meine Mutter und Britta fast eine Einheit, eine Symbiose bildeten. Sie duldeten nichts zwischen sich, und es gelang niemandem, zu dieser Einheit vorzudringen, wobei Theo keineswegs zurückgesetzt wurde. Meine Mutter schaffte es, für alle da zu sein, auch für Guido und mich, und Britta dennoch einen besonderen Platz in ihrem Herzen zu geben.

27.

Wir spielten uns ein, aufeinander und miteinander. Ein Leben, einen Alltag ohne meine Mutter konnten wir uns nicht mehr vorstellen. Meine Schwiegereltern gehörten genauso dazu. Die dauerhafte Anwesenheit meiner Mutter betrachteten sie zwar mit Argwohn, aber sie tolerierten sie meistenteils.

Britta lernte altersgemäß zu sprechen und zu laufen und wurde völlig gesund. Folgen blieben, außer einer recht langen Narbe, keine, zumindest nicht organisch. Theo erholte sich rasch von dem Verlust seines Großvaters, er spielte viel, was ihm zu helfen schien. Guido arbeitete mehr als je zuvor und meine Mutter hielt alles zusammen. Sie kümmerte sich, wo sie konnte, und konzentrierte sich dabei auf Britta, was ich nicht ansatzweise fertigkriegte.

Als Britta in den Kindergarten kam und Theo in die Schule, führte ich mein Studium fort. Das Lernen fiel mir mittlerweile schwerer und ich wirkte alt zwischen meinen Kommilitonen. Doch diesmal wollte ich mich durch nichts und niemanden abbringen lassen. Mit Erfolg, sogar der Spanienaufenthalt fand wie geplant statt. Guido und meine Mutter versorgten die Familie und managten das Gröbste, während ich auf mein Diplom hinarbeitete.

Und nach einem knappen Jahr konnte ich endlich ein Diplom vorweisen. Die Karriere allerdings, die ich mir zu Beginn des Studiums erhofft hatte, blieb aus. Bis auf ein paar Jobs, die ich von zu Hause aus erledigen konnte, und diverser kleiner Aufträge, wurde ich nicht in meinem Beruf tätig. Gleichwohl hatte ich das Gefühl, etwas geschafft, etwas geleistet zu haben in meinem Leben, von der Familiengründung abgesehen. Ich fühlte mich beruflich angekommen, und gleichwertiger. Meine Familie hatte mitgefiebert. Sie waren begeistert, da war keine Missgunst. Sie wussten, was mir der Abschluss bedeutete.

28.

Theo blühte in der Schule auf, er war gern dort, während Britta den Kindergarten nicht mochte, sie kränkelte häufig und musste zu Hause bleiben. Eine tatsächliche Ursache für ihr Kranksein konnte niemand ausmachen, wir nicht und ihre Ärzte nicht. Sie war schwierig und das machte mich wütend. Und mich ärgerte, dass sie so auf meine Mutter fixiert war, die sie permanent verteidigte und beschützte. Ich war nicht ein bisschen bereit, ihre Unpässlichkeiten auf den behobenen Herzfehler und mein Verhalten von einst zu schieben, oder sie zu entschuldigen. Ich wütete und Britta distanzierte sich. Meine Mutter verzweifelte schier, wenn sie versuchte, zwischen Britta und mir zu vermitteln. Es war hoffnungslos.

Dann wurde ich erneut schwanger und für Britta hatte ich überhaupt nichts mehr übrig. Auch diese Schwangerschaft war nicht geplant, aber für mich war ein drittes Kind zu diesem Zeitpunkt schon im Möglichkeitsbereich. Guido wollte nach Britta eigentlich kein weiteres, er hatte Angst, dass wir überfordert sein würden und die Familie den Druck nicht aushielt. Zu Britta hatte er ein gutes Vater-Tochter-Verhältnis, nicht zu innig, nicht zu tief, aber nach meiner Einschätzung gut. Auch Theo war er ein guter Vater. Trotzdem hatte er Angst.

Unser Ältester freute sich über die Nachricht, ein zweites Geschwisterchen zu bekommen, und Britta äußerte sich nicht, zu sehr orientierte sie sich an meiner Mutter. Meiner Mutter sah ich ihre Bedenken an, obgleich sie sie nicht aussprach. Offiziell freute sie sich und bot ihre Unterstützung an.

Die Schwangerschaft verlief wie die erste, glatt. Es gab keinerlei Komplikationen, keine Übelkeit, kein Erbrechen, keine Bettruhe, nichts. Ich hatte viel Zeit für mich und die brauchte ich. Guido beobachtete mich, doch er unterdrückte positive Emotionen, die Ungewissheit war zu dominant. Theo ließ sich involvieren, er fragte und fragte und suchte den Körperkontakt. Nur Britta, die bald eingeschult werden sollte, mied mich. Sie war häufig in ihrem Zimmer und beschäftigte sich allein, sie malte oder saß da und starrte in die Luft – was mich maßlos aufregte. Sie hatte keine Freunde und sie spielte nicht. Als Bea schließlich geboren wurde, entfernte Britta sich endgültig von mir. Und von Guido, aber das erfassten wir nicht.

29.

Die Geburt war im Gegensatz zur letzten ein Kinderspiel. Unsere Tochter Bea erblickte das Licht der Welt und sie lächelte, sie schrie nicht, sie lächelte. Ihre Augen strahlten mich an und sie quiekte vor Vergnügen. Als sie Guido sah, strahlte und quiekte sie nicht weniger und wischte damit seine Zweifel fort. Endlich schien mein Mann wieder ein glücklicher Mann. Unsere Tochter Bea war das in diesem Moment größte und schönste Geschenk, das uns zuteilwerden konnte.

Bea machte es mir leicht, als Mutter zu funktionieren. Sie war ein ausgeglichenes Kind, das immer feixte, wenn es mich sah oder gestillt wurde. Und ich konnte sie stillen, kein Hauch von

Wochenbettdepression oder Babystress. Manchmal lief ich zu ihr, weil sie so leise war und ich dachte, sie atmete nicht mehr, doch sie lag friedlich in ihrem Bettchen und schlief oder amüsierte sich mit ihren Fingern. Guido nahm sie nach Feierabend oft hoch und trug sie stundenlang im Tuch herum – Britta trug er, um sie zu beruhigen, Bea trug er, um ihr nahe zu sein, um sie zu spüren.

Theo akzeptierte seine jüngste Schwester ebenfalls, mitunter musste man ihn bremsen, dass er sie nicht mit seinen gut gemeinten Gesten und Umarmungen zerquetschte. Britta widmete sich Bea nur selten, sie verkroch sich lieber. Guido schenkte ihr eines Tages eine Gitarre. »Sie braucht etwas zum Festhalten, etwas für sich allein«, sagte er. Ich erlebte Britta noch nie und nie wieder so fröhlich, wie in diesem Augenblick. Bei ihr zeichneten sich gerade die ersten Schulprobleme ab. Sie war nicht dumm, aber sie konnte dem Unterricht nicht folgen, sich nicht konzentrieren. Sie sagte kaum etwas und wirkte, trotzdem sie mittendrin war, außen vor. Selbst in der Schule musste sie sich ihre Berechtigung erkämpfen.

30.

Für uns alle, doch insbesondere für Britta dramatisch, war der Schlaganfall meiner Mutter. Britta kam mittags von der Schule heim und fand ihre Oma in der Küche reglos am Boden liegend vor. Vollkommen selbstverständlich und wie automatisch rief sie den Notarzt und ihren Vater im Büro an – und das konnte man von einem Kind, das eben die zweite Klasse hinter sich hatte, kaum erwarten, von Britta schon. Sie wusste, wie sie sich zu verhalten hatte, wenn es ernst wurde. Guido führte das auf ihre eigenen Krankheitserfahrungen zurück. Sie hatte meiner Mutter mit ihrer Besonnenheit das Leben gerettet, wobei der Schlaganfall schlimme Folgen mit sich brachte. Ich war unglaublich stolz auf meine Tochter, doch sagen oder zeigen konnte ich ihr das nicht.

Und Britta behielt für sich, wie sehr sie unter der Situation litt. Sie tauchte zu den Mahlzeiten auf, und verschwand anschließend, um Gitarre zu lernen. »Ich möchte die Oma überraschen, wenn sie nach Hause kommt«, sagte sie. Ob meine Mutter allerdings je zurückkam oder überhaupt registrierte, was um sie herum geschah, konnte niemand ermessen. Sie lag wochenlang in der Klinik, ohne dass sich etwas veränderte. Bis wir beschlossen, sie zur Pflege nach Hause zu holen.

Meine Mutter war bettlägerig und sie blieb es. Dennoch ließen wir sie an unserem Leben teilhaben. Ich zog mit meinem Arbeitszimmer ins Obergeschoss, und meine Mutter samt Pflegebett und sonstigen Utensilien in mein Büro. Wir gestalteten einiges um, versuchten, uns die Pflege zumindest räumlich zu erleichtern und meine Mutter in unseren Alltag einzubinden. Als wir sie zu uns nahmen, hatte sie einen ihr entsprechenden Rollstuhl, in den sie gesetzt und umhergefahren werden konnte, aber mit der Zeit verlor sie die Kraft oder den Willen. Es gab Tage, an denen wagten wir es nicht, sie in ihren Stuhl zu setzen, sie überhaupt aufzurichten, es ging ihr zu schlecht, wir störten sie in ihrer Ruhe.

31.

Theo stellte sich auf die Situation ein. Er erzählte seinen Freunden von seiner Großmutter, er schaute zu ihr hinein, las ihr vor und hatte eine gesunde Distanz. Für Bea war es normal, eine kranke Großmutter zu haben, sie wusste, dass ihre Oma viel Zeit und Zuwendung benötigte, dass sie, obwohl sie viel älter war als sie, gefüttert und gewindelt werden musste, und sprechen wollte, aber nicht konnte. Bea arrangierte sich, sie entwickelte sich prima.

Zu Britta hatte ich jegliches Band verloren. Sie saß entweder bei meiner Mutter, knabberte an den Fingernägeln und übte Gitarre, oder sie tat nichts. »Sie wirkt verstört«, sagte Guido. Mich brachte ihre Teilnahmslosigkeit auf die Palme, immerhin versäumte sie in der Schule den Anschluss und musste die vierte Klasse, trotz Nachhilfe, wiederholen. Ihr fehlte meine Mutter, was ich durchaus verstand, doch ich hatte mit der Pflege und der Familie genug zu tun. Wenn ich Britta zurechtwies, was oft der Fall war, oder forderte, dass sie sich gefälligst zusammenreißen solle, rastete sie aus. Sie tobte, trat auf verschiedenste Gegenstände ein und schrie mich an. Nicht selten verpasste ich ihr dafür eine Ohrfeige.

Einmal wurden Guido und ich in die Schule gerufen, weil sie sich während des Unterrichts geprügelt hatte. Guido erzählte sie schließlich, dass sie von ein paar Mitschülern provoziert worden sei. Sie machten sich über ihr Gitarrenspiel lustig und darüber, dass sie dauernd bei der Oma hockte, die durch ihre Musik genesen sollte. Mich ließ das kalt. Mich ärgerte, dass sie so dämlich sein konnte und mit ihren irrationalen Gedanken hausieren ging.

Heute ist es mir peinlich, aber mitunter empfand ich Britta als Fremdkörper in der Familie. Und insgeheim überlegte ich, wohin ich sie am ehesten geben konnte, damit Ruhe einkehrte. Ich dachte sogar daran, sie zu meinen Schwiegereltern zu schicken und entschied mich nur dagegen, weil ich Angst hatte, dass jene sich wieder in unser Leben einmischten. Ich wollte Frieden in der Familie, für die Familie, und Britta störte diesen Frieden.

32.

Meine Mutter harrte mehrere Jahre so aus, bis sie verstarb. Die letzten Wochen müssen grausam für sie gewesen sein und die Ärzte stritten um lebenserhaltende Maßnahmen. Doch wir ersparten ihr weitere Krankenhausaufenthalte und sie schlief friedlich ein. Wir waren fast dankbar, dass sie es geschafft hatte und ihre Qual überstanden war.

Für Britta brach eine Welt zusammen. Sie war inzwischen in

der siebten Klasse, erhielt Gitarrenunterricht und begleitete einen Chor. Ihr Verhalten war ohnehin auffällig, aber nach dem Tod ihrer Großmutter wurde sie noch auffälliger, noch schwieriger. Sie hatte Phasen, in denen sie kaum aß, und Phasen, in denen sie nur aß. Sie rauchte, trug Springerstiefel und kleidete sich unmöglich. Nahezu täglich entdeckten wir Neues an ihr. Sie stand stundenlang vor dem Spiegel und schminkte sich – und beileibe nicht zart und unauffällig. In die Ohrmuscheln ließ sie sich ein halbes Dutzend Löcher stechen, in denen Ringe und Kreuze prangten, weil sie es schick fand, es gerade »in« war. »Das haben doch alle«, argumentierte sie. Und zu allem Überfluss verunstaltete sie ihre Haut mit Tattoos, mit zahllosen Tattoos.

Wäre sie älter gewesen, hätten wir sicher anders reagiert, aber sie war vierzehn und rebellierte. Also griffen wir ein, wir drohten und verboten, erteilten Hausarrest und strichen ihr den Gitarrenunterricht. Wir glaubten damals, das sei bloß eine Episode, doch wir irrten uns. An Britta prallte alles ab, wir erreichten mit unseren Interventionen das Gegenteil. Sie schwänzte die Schule, die Nachhilfe ebenfalls, sie stahl und trieb sich herum. Selbst Guido gelang es nicht, auf sie einzuwirken. In mir stieg Zorn auf, sobald ich sie sah.

Die Tatsache allerdings, dass Britta plötzlich Freunde hatte, verunsicherte uns am meisten. Neben ihrem Aussehen veränderte sich die Sprache, die Fähigkeit, sich überlegt auszudrücken, schien vollends zu verkümmern. Und sie begann, uns zu beschimpfen, uns zu torpedieren und auf die gesamte Menschheit wütend zu sein. Sie wusste nicht annähernd, was sie da sagte, es mangelte ihr an Hintergrund. Trotzdem saßen ihre Beleidigungen und einige davon trafen tief.

Je deutlicher ich Britta auf ihre Tochter-Position hinwies und Gehorsam forderte, desto heftigere Vorwürfe formulierte sie. »Was willst du eigentlich von mir?«, schrie sie mich an. »Du hast dich doch nie um mich gekümmert, und nun ist es zu spät«. Sie gab mir die Schuld, dass es war, wie es war, und sagte: »Ich habe in diesem Leben sowieso nichts zu verlieren.« Diesen vielleicht entscheidenden Satz kapierte ich nicht – und wendete mich von ihr ab. Ich holte aus und schlug ihr mit der flachen Hand ins Gesicht.

Hiernach befolgte sie überhaupt keine Regeln mehr, sie tat, was sie wollte und wann sie es wollte. Dahinter verbarg sich die totale Hilflosigkeit, eine Resignation dem Leben gegenüber und nicht, wie wir glaubten, pubertäre Auflehnung. Britta hatte in ihren Augen alles verloren und ihr fehlte die Hoffnung. Die Hoffnung auf eine Zukunft, auf irgendetwas. Doch das war uns nicht klar, das begriffen wir erst viel später. Sie gab sich innerlich auf und verhielt sich dementsprechend.

An den Wochenenden sahen wir sie kaum noch, sie war meist unterwegs – wo und mit wem, brachten wir nicht aus ihr heraus. Jegliches Mahnen und Appellieren half nicht. Sie keifte uns an, dass sie für immer verschwinden würde, wenn wir sie nicht in Ruhe ließen. Sämtliche Kommunikationsversuche scheiterten. So dehnten sich ihre Eskapaden aus. Mit fünfzehn, fast sechzehn erreichten sie ihren Höhepunkt und Britta entglitt uns. Sie hatte inzwischen den Alkohol für sich entdeckt und kam nachts nicht mehr nach Hause, und falls doch, kehrte sie betrunken heim. In der Schule tauchte sie höchstens sporadisch auf. Sie interessierte und verstand wohl auch nicht, dass sie Zeit verlor, Lebenszeit verlor. Sie feierte, trank und kiffte und war unglücklich.

33.

Theo ging zum Gymnasium, seine Noten waren überdurchschnittlich und er hatte Freunde, ehrgeizige Freunde. Seine Partys uferten nicht aus, er wollte nicht zurückbleiben, sein Anspruch an sich selbst war hoch. Er war mein Ein und Alles, mein Leben. Ich lobte ihn, wo ich konnte. So sehr, dass Guido mich mitunter stoppen musste. Guido empfand seinen Sohn als zu glatt, zu streberhaft.

Ich war da anderer Meinung und partout nicht bereit, diese zu überdenken oder zu korrigieren. Theo bedeutete mir nicht nur viel, er bedeutete mir alles. Heute frage ich mich, was geschehen wäre, wie ich gehandelt hätte, wenn Theo dermaßen abgerutscht wäre. Und ich frage mich, ob ich ihn, wie Britta, fallen gelassen, gar weggewünscht hätte.

Zu Britta hatte Theo fast keinen Bezug, zumindest seit Beas Geburt nicht mehr. Manchmal glaubte ich, dass sich meine Ablehnung auf Theo übertrug. Er mied seine Schwester, er belächelte sie und zog sie ins Lächerliche. Auf Guido wirkte Theos Verhalten arrogant und herablassend – er hatte die Angewohnheit, jeden zu erniedrigen, der ihm in die Quere kam, nicht nur Britta. »Wir erziehen unseren Sohn zu einem Egoisten. Er benimmt sich unkorrekt, elitär und geringschätzig«, sagte Guido häufig – was mich empörte. Ich konnte und wollte mich mit Kritik, die meinen Sohn betraf, nicht auseinandersetzen. Er sollte auf sich achten und anderen Grenzen aufzeigen. Außerdem, so dachte ich, würde er sich seine Hörner schon früh genug abstoßen.

Ich täuschte mich, Theo geht bis heute mit einer gewissen Blasiertheit durchs Leben, und er hat Ellbogen, die er durchaus benutzt – ob im negativen Sinne, vermag ich nicht zu beurteilen. Ich möchte es auch nicht beurteilen. Theos Zuneigung galt Bea. Seine jüngste Schwester liebte er, er hob sie in den Himmel, keine Anzeichen von Erniedrigung oder Arroganz. Er beschützte sie und hatte immer ein Auge auf sie, was Guido ebenso aufstieß. Für mich war diese Geschwisterbeziehung gelungen, sie war musterhaft. Auf Theo konnte ich mich verlassen. Wenn ich Bea in seine Obhut gab, landeten beide unversehrt und wohlbehalten wieder zu Hause. Das war mir als Mutter wichtig. Guido wollte, dass beide, schon wegen des Altersunterschieds, ihre eigenen Erfahrungen machten, und sah mein Denken als nicht zeitgemäß an. Doch ich fand mein Denken vernünftig, eben mütterlich.

34.

Bea war aufgeweckt und sie hatte ein Urvertrauen, das beneidenswert war. Sie vermittelte Guido und mir nicht das Gefühl, dass der Verlust ihrer Großmutter sie belastete. Sie brauchte ihre Großmutter nicht so dringend wie Britta, sie hatte ja uns. Und sie liebte Theo. Daneben konnte sie die Zeit, die ich bisher meiner Mutter gewidmet hatte, für sich beanspruchen – und Bea, die mittlerweile in der Schule war, beanspruchte. Sie konnte sich aussuchen, wessen Liebe sie wann einforderte, sie wurde von niemandem zurückgewiesen. Am nächsten jedoch war ihr Guido, obwohl er das nicht zugegeben hätte. Er wollte, dass wir die Kinder gleich behandelten, Vor- oder Nachteile gegenüber dem anderen sollten nicht sein. Trotzdem hatte Bea bei ihm eine Position inne, die mir unantastbar schien.

Schon als kleines Kind spielte Bea, wenn Guido zu Hause arbeitete, auf einer ausgebreiteten Decke vor seinem Schreibtisch, und nicht selten tobte er mit ihr herum oder erklärte ihr stundenlang die Welt. Und Bea mochte es, ihren Vater für sich zu haben, womöglich spürte sie sogar, dass sie ihn fast ganz für sich hatte.

35.

Bea wurde älter und hielt sich weiterhin an Guido. Mir zeigte sie ihre Liebe ebenfalls deutlich. Sie war ein offenes, zutrauliches Kind. Bloß für Britta interessierte sie sich nicht, sie mied sie nicht, belächelte sie nicht, beachtete sie aber auch nicht. Das ging eindeutig auf unsere Kappe, Bea hatte es nicht anders gelernt. Bei meinen Schwiegereltern war sie gern und oft, sie hatten für sie wie für Theo stets Geschenke und Überraschungen parat.

Britta hingegen besuchte ihre Großeltern kaum. Sie waren ihr zu langweilig, zu spießig. Und sie wiederum wollten sich nicht aufreiben, nicht strapazieren. Die Kluft zu Theo, der sie regelmäßig erniedrigte, war immens. Britta konfrontierte sich nicht, was Guido guthieß. Es würde ihn nur bestärken, meinte er. Sobald Britta sich allerdings zur Wehr setzen musste, nannte sie Theo eine Heulsuse, die abhängig und nicht allein lebens- und denkfähig sei. Ich ahnte, dass sie damit bei Guido ins Schwarze traf, aber er ließ sich nichts anmerken.

Bei Bea reagierte er empfindlicher. Manchmal ziepte Britta sie an den Haaren oder schubste sie, und wenn sie glaubte, dass niemand zusah, prügelte sie buchstäblich auf sie ein. Guido rügte Britta und tröstete Bea. Ohne es zu wollen, ergriff er Partei.

Ich machte es nicht besser. Britta war eifersüchtig auf Bea, doch statt das zu beleuchten und mich mit ihr zu beschäftigen, bekam sie von mir zurück, was sie an meine Lieblingskinder austeilte. Ich begünstigte Theo und Bea, Britta konnte nichts tun, um meine Zuneigung zu gewinnen, ich empfand keine für sie. Sie bettelte um Aufmerksamkeit. Vergebens.

Bea musste nichts entbehren und Eifersucht war ihr fremd. Doch in der Schule fühlte Bea sich, anders als erwartet, nicht besonders wohl. Sie war beliebt, aber sie mochte die Schule nicht. Sie war intelligent, sogar sehr, doch es gab vom Tag der Einschulung an etliche Diskussionen – sie wollte die Jahre schnellstmöglich hinter sich bringen und nur die notwendigen, sie wollte kein Abitur machen und nicht studieren.

Guido und ich glaubten, dass sich das ändern würde, und bremsten uns. Druck war das verkehrte Mittel, wir wollten Bea nicht verlieren. Bea sollte ihren Weg frei wählen, sie würde dabei selbst einsichtig werden, hofften wir. Außerdem zählten wir auf Theo und die Großeltern, die sie häufig nach ihren Zielen befragten. Doch Bea beeinflusste keiner, sie wollte die Schule hinter sich bringen und eine Ausbildung machen. Und Bea war stark, sie blieb dabei. Bea war aus Überzeugung stark, sie warf nichts aus der Bahn. Britta indes war labil, sie konnte keine Richtung beibehalten, sie hatte keine.

36.

Die nächste Katastrophe für Britta und für den Familienfrieden bahnte sich an, als Theo in die ehemaligen Räume meiner Mutter ziehen wollte. Er hatte noch ein knappes Jahr bis zum Abitur und wollte unter dem Dach lernen, und er wollte Freunde einladen können, sein Kinderzimmer war zu klein geworden. Wir besorgten Farbe und Tapeten, entrümpelten, mein Arbeitszimmer hatten wir nach dem Tod meiner Mutter wieder ins Erdgeschoss verlagert, und bereiteten alles vor. Bloß Britta informierten wir nicht, sie war so selten zu Hause, dass wir keine Notwendigkeit sahen. Wir hatten auch nicht bemerkt, dass sie sich, falls sie da war, in den oberen Zimmern aufhielt. Bea allerdings wusste davon, sie beobachtete Britta gelegentlich, wenn sie nach oben schlich. Doch Bea maß dem keinen Wert bei und sagte nichts, nicht zu Britta und nicht zu uns.

Noch ehe Theo seinen Umzug geplant hatte, hatten wir Britta um ein Gespräch gebeten, per Zettel, es war die einzige Möglichkeit sie zu kontaktieren. Die Schule machte wegen der hohen Fehlzeiten Ärger und ihr drohte der Verweis, im günstigen Falle. Im ungünstigeren stand eine Begutachtung von höherer Stelle an, sie war ja noch schulpflichtig und nicht volljährig. Wir hatten lange nicht mitgekriegt, dass Britta die Schule schwänzte. Anfangs schrieb sie sich die Entschuldigungen selbst – sie war oft kränklich, und bat uns später um die Unterschrift. Bis ihr sämtliche Regeln eins wurden, sie Mahnungen und Verwarnungen zu ignorieren begann.

Guido und ich überlegten ununterbrochen, wie wir mit Britta verfahren sollten. Bestrafungen nützen nichts, ebenso wenig ein Schulwechsel, zumal sie schon einen hinter sich hatte. Ich favorisierte ein Internat, doch Guido war dagegen. Er war selbst auf einem und er hatte die Zeit dort als durchweg schrecklich erlebt. »Es war das Schlimmste, das meine Eltern mir antun konnten«, sagte er. Trotzdem sah ich ein Internat als gute Lösung für Britta an. Es war egoistisch von mir, ich wollte sie zum einen loshaben und zum anderen sicher untergebracht wissen. Für Guido war es wichtig, dass sie überhaupt einen Schulabschluss machte. Ob, wann oder wo sie eine Ausbildung anschloss, sollte sie allein entscheiden.

Doch dann stolperte Britta in die Renovierungsarbeiten von Theo hinein, und unsere Vorschläge lösten sich in Luft auf. Guido war im Büro und Bea und ich saßen in der Küche, als Britta Theo in Omas Räumen überraschte. An meine Mutter erinnerte dort nichts mehr. Theo hatte die Decken gestrichen und wollte gerade die Wände umgestalten – er sah seine Schwester und sagte etwas zu ihr. Britta antwortete für sie typisch, sie packte ihre Sachen in einen Koffer und verschwand. Mit einem »Jetzt reicht's mir endgültig!« krachte die Tür ins Schloss. Ich konnte nicht annähernd so schnell aufspringen, wie sie fort war.

Ich lief Britta nach, doch ich verlor sie aus den Augen. Ich verlor sie gänzlich aus den Augen, sie war und blieb fort. Als ich mir Theo vorknöpfte, mir schwante Böses, begegnete er mir hämisch, als sei nichts geschehen. »Sie hat ohnehin nur genervt«, war sein Kommentar. Zum ersten Mal war ich wütend auf meinen Sohn, derart wütend, dass ich Guido im Büro anrief und ihn bat, die Situation zu klären, sofort. Noch nie empfand ich Theo und seinem Verhalten gegenüber eine solche Abwehr. Er war definitiv zu weit gegangen.

Guido kam tatsächlich nach Hause und klärte. Doch Theo begegnete ihm nicht anders als mir, und Guido vergaß sich. Er brüllte seinen Sohn an, sodass ich wieder Angst um Theo hatte. Abends sagte Guido: »Es hat nicht viel gefehlt, und ich wäre handgreiflich geworden oder hätte ihn des Hauses verwiesen.« Das war nun das Ergebnis meiner zu großen Liebe für Theo – Britta weg und ein Ehemann, der sich von seinem Sohn abkehrte. Bis Guido sich beruhigte, dauerte es Wochen, mit Theo sprach er währenddessen kein Wort, und mich bedachte er mit strafenden Blicken.

Ich wusste nicht, wo ich nach Britta suchen sollte. Aber Guido wusste es. Er wusste, wer ihre Freunde waren und wo sie sich zumeist aufhielt. Er wusste es und sprach nicht mit mir. Ob es ihm jedoch gelang, mit Britta zu reden und herauszufinden, was zwischen Theo und ihr vorgefallen war, lotete ich nicht aus, versuchte ich gar nicht. Zumindest legte er Theo nahe, nach dem Abitur auszuziehen, was ich natürlich nicht wollte. Ich wollte, dass Theo sich ein bisschen änderte, aber mehr nicht. Loslassen wollte ich ihn nicht.

37.

Britta hatte die Stadt verlassen, was mich kaum wunderte, sie war impulsiv und handelte, bevor sie überlegte. Guido jedenfalls fuhr ihr nach. Insgeheim ahnte ich, dass er eine Auszeit brauchte, von mir und uns. Und ich ahnte von einer Affäre, aber ich hielt mich zurück. Ich wollte ihn nicht verlieren. Ganz unschuldig war ich daran ja nicht. Ich blieb zu Hause, wartete auf Brittas Rückkehr und dachte nach. Ich hoffte, dass die Tür aufging und sich alles zum Guten wendete. Umsonst, Britta kam nicht und sie meldete sich nicht. Ich wünschte mir meine Mutter zurück und Guido, aber sie kamen auch nicht. Jetzt war ich auf mich gestellt und wollte es nicht. Und Bea war zu jung, um sie mit meinen Sorgen und sonstigen Eventualitäten zu belasten.

Ob es diese Affäre gab und wie lange sie andauerte, erfuhr ich nicht. Ich hatte Angst, es zu erfahren. Ich hatte Angst zu erfahren, dass es womöglich weitere Affären gab. Ich sträubte mich, die richtigen Fragen zu stellen. Ich wählte den einfachsten Weg und verschloss die Augen, wie ich schon bei Britta und Theo die Augen verschlossen hatte. Meine schöngeredete Welt wollte ich nicht zerstören und mir nicht zerstören lassen, von niemandem.

Früher war es Guido, der die Realität nicht sehen wollte, der sich auf seinen Beruf konzentrierte und das Lösen von Problemen anderen überließ. Ab wann sich das wandelte und ich die Probleme nicht mehr sah oder sehen wollte, kann ich nicht sagen. Außerdem weigerte ich mich regelrecht Verantwortung tragen. Ich funktionierte und wälzte meinen Teil der Verantwortung auf Guido ab. Gleichzeitig beschäftigte ich mich mit den Defiziten anderer. Je intensiver ich das tat, desto unwichtiger wurden meine eigenen, desto heiler erschien das Eigene. Nach außen sollte alles perfekt aussehen, und es sah perfekt aus.

Guido ging mit seinen Schwächen ehrlicher um. Er konnte nicht nachvollziehen, dass ich vieles zu verschleiern suchte. »Niemand ist perfekt«, sagte er und verärgerte mich damit. Ich empfand das als Kritik an meiner Person, als ein Kompromittieren meiner Person, weshalb es zwischen uns permanent kriselte. Ich warf ihm vor, wie seine Eltern zu operieren und mir nicht auf Augenhöhe zu begegnen, obgleich das nicht Thema war. Diesbezüglich sprachen wir unterschiedliche Sprachen. Wobei ich heute weiß, dass niemand perfekt ist, niemand perfekt sein muss, ich ebenfalls nicht.

Während Guido bei Britta und seiner potentiellen Affäre war, distanzierte ich mich etwas von Theo und bemitleidete mich selbst. Mitunter ertrank ich abends meinen Kummer mit ein paar Gläsern Wein, postwendend fühlte sich das Leben leichter an. Mein Glück war Bea. Ihre Existenz bewahrte mich davor, den Wein zur ständigen Routine werden zu lassen, oder tatsächlich zu denken, jener erleichtere das Leben und löse meine Probleme. Meine Probleme konnte auch ein Dutzend Fässer Wein nicht aus der Welt schaffen. Immerhin fing ich an, Brittas Verhalten zu reflektieren. Ich fragte mich, warum Britta uns entglitten war, und suchte nach Ursachen, fand aber keine. Vielleicht wollte ich keine finden, um nicht wieder bei mir zu landen, wieder bei mir beginnen zu müssen. Ich litt schon genug, glaubte ich.

Als Guido nach ein paar Tagen wiederkam, eröffnete er mir, dass er vorübergehend ausziehen würde. »Ich muss das tun. Um zu retten, was zu retten ist«, sagte er. Ich war platt. Zu Britta hatte er Kontakt aufgenommen, sie aber nicht bewegen können, nach Hause zu kommen. Wo sie sich aufhielt, verriet er mir nicht. Dennoch war ich froh, dass sie lebte und ihr nichts zugestoßen war.

38.

Guido trennte sich für ein knappes Jahr von mir. Er mietete sich eine möblierte Wohnung, circa 60 km von uns entfernt, und setzte seine Auszeit durch, ob allein oder nicht, blieb offen. Er pendelte täglich zur Arbeit und war für mich, trotz aller Ungereimtheiten, erreichbar. Mit Bea telefonierte er häufig und sie sahen sich häufig. Bea war tolerant, sie bauschte nichts auf. Gleichwohl schenkten wir ihr einen Hund, zu dem sich bald ein Hamster gesellte, um Mängeln und Anflügen von Einsamkeit vorzubeugen. Guido war für Theo ebenfalls erreichbar, aber Theo war zu eitel, um seinen Vater anzurufen – er fühlte sich zu reif, um sich an seinen Vater zu wenden. So wandte er sich bei Schwierigkeiten wie gehabt an mich. Und ich atmete auf, weitere Veränderungen hätte ich nicht ertragen. Entsprechend arrangierten Theo, Bea und ich uns miteinander, wir versuchten, einen Alltag entstehen zu lassen und diesen zu leben.

Wie Guido seinen Eltern den vorläufigen Auszug erklärte, wusste ich nicht, sie und er erwähnten es nicht, und rechtfertigen musste ich mich nicht. Meine Schwiegereltern waren nur selten bei uns, sie waren alt und müde geworden. Allerdings zogen sie wieder in unsere Nähe, was für mich in Ordnung war, wir hatten uns ja auch um meine Mutter gekümmert.

39.

Im Nachhinein war Guidos Weggehen das Beste, das mir passieren konnte. Ich musste mich zwangsläufig neu organisieren, und ich organisierte mich neu. Ich übernahm wieder Verantwortung, weil ich es musste, selbst für die Dinge, die ich nicht tat, und begann, eben jene Verantwortung zu erkennen.

Guido sorgte für die finanzielle Absicherung der Familie, hielt sich aber aus unserem Leben und damit verbundenen Entscheidungen heraus. Entscheidungen zu treffen hatte ich genauso verlernt. Doch hätte Guido mir das gesagt, ich hätte ihn nicht gehört. Und nun fing ich praktisch von vorne an. Gleichzeitig ärgerte es mich, dass ich diese Chance erhielt, mein Mann mir diese Chance gab, und ich finanziell von ihm abhängig war. So hatte ich mit fast schon Ende vierzig die Wahl, einiges zu verändern oder alles zu verlieren. Ich musste nicht bloß, ich wollte verändern.

Zuerst musste ich beruflich wieder einsteigen, die Kinder waren alt genug, und ich brauchte mein eigenes Geld. Nach dem Studium hatte ich ein paar Jobs als Übersetzerin, weil mir als Dolmetscherin die Möglichkeiten fehlten. Hier wollte ich anknüpfen und stundenweise wie damals von zu Hause arbeiten. Es gelang tatsächlich, die Suche bedurfte etwas Geduld, aber es gelang. Die Aufträge und die Bezahlung waren nicht berauschend, doch der Anfang war gemacht.

40.

Theo wehrte sich spürbar gegen meine Entwicklung. Immerhin beeinflusste diese seine Rolle als Sohn. Er musste begreifen, dass ich ein Recht auf Freiheit und Eigenständigkeit hatte. Und er musste lernen, dass er Aufgaben innerhalb der Familie zu erfüllen hatte, wenn das Miteinander klappen sollte. Vor allem aber musste Theo lernen, für sein Tun geradezustehen. Er musste schlicht erwachsen werden. Ich hatte ihm viel zu lange alles abgenommen, ihn viel zu lange behütet und bewacht.

Bei Bea war das anders. Sie war mit ihren zehn Jahren unglaublich weit, wesentlich weiter als Theo in dem Alter. Sie war flexibler, gemeinschaftsfähiger. Um Bea machte ich mir keine Sorgen, sie würde ihren Weg gehen, auch wenn der meinen Wünschen nicht entsprach. Sie war dermaßen selbstbewusst, hatte ein so großes Selbstvertrauen, dass sie das Leben mit seinen Schwierigkeiten schon meisterte. Und das hatte sie größtenteils Guido zu verdanken. Gar auf die Entfernung war er für sie da. Er gab ihr Halt. Guido hatte mir manches voraus, ich bewunderte ihn dafür.

So verging dieses Jahr nach anfänglichem Protest und vielen Tränen wie im Fluge. Ich gewann ein Stück meiner Eigenständigkeit zurück, unter anderem. Es veränderte sich eine Menge, obgleich sich nur wenig im Außen zeigte. Theo nabelte sich ab und probierte sich aus, er wurde endlich bereit, erwachsen zu werden. Und Bea erstaunte mich regelmäßig mit ihrer hohen sozialen Kompetenz. Kurzum, wir rückten zueinander und entwickelten uns miteinander nach vorne.

41.

Trotzdem beschäftigte mich der Streit zwischen Guido und Theo. Mir machte die Zukunft Angst, der Augenblick, in dem Guido wieder zu Hause einzog und womöglich ein Kräftemessen anstand. Theo schien Ähnliches zu beschäftigen. Eines Abends setzte er sich zu mir und wollte reden, mit mir bereden, was er für die nächsten Jahre geplant hatte. Und es war schön, dass er sich mir anvertraute. Gleich nach dem Abitur wollte er zur Bundeswehr gehen, seine Pflichtzeit absolvieren und dann studieren – etwas Technisches. Am liebsten dort, weil es die kostengünstigste Variante war. Aber er wollte sich noch nicht hundertprozentig festlegen.

Theo wirkte ausgeglichener, weniger überheblich. Den Grund dafür erfuhr ich ein paar Tage später, er hatte sich verliebt. Allein der Gedanke stürzte mich in tiefste innere Konflikte, ich musste ihn endgültig loslassen. Das war mir durchaus bewusst, aber statt jenes zu tun, kritisierte ich pausenlos an seiner Freundin herum. Er stellte uns einander vor, und ich kritisierte. Zumindest beherrschte ich mich, bis sie nicht mehr im Raum war.

Theo jedoch reagierte völlig unerwartet. »Wenn sie dir nicht gefällt, muss ich mir eben eine Lösung überlegen. Beenden werde ich die Beziehung nicht«, sagte er. Damit hatte ich nicht gerechnet, mein Sohn bezog plötzlich Position. Und er nahm Kontakt zu seinem Vater auf, was mich extrem verunsicherte.

42.

Einige Wochen später kehrte Guido zu uns zurück. Für ihn und mich keine einfache Situation, wir mussten erst wieder zusammenwachsen, Brücken bauen. In mir schwelte der stille Vorwurf, den ich nicht auszusprechen vermochte, dass er sich mit einer anderen vergnügt hatte, obgleich das Spekulation war und blieb. Dennoch hatte in uns eine Wandlung stattgefunden, wir waren besonnener geworden - und älter.

Theo schrieb sein Abitur und blieb bis kurz danach zu Hause, aber wir sahen ihn nur selten. Meist war er mit seiner Freundin unterwegs, und manchmal gesellte Bea sich dazu. Das Verhältnis zwischen Guido und Theo wirkte entspannter, ob es zu einer Klärung kam, konnte ich nicht beurteilen, hör- und sichtbare Differenzen gab es nicht. Und Guido äußerte sich nicht, er verhielt sich neutral. Er freute sich für Theo und mit ihm über sein Verliebtsein. Mir jedoch fiel es nach wie vor schwer, ihn mit seiner Freundin zu erleben. Ich war eifersüchtig und hatte ein schlechtes Gewissen deshalb. Guido beobachtete das, sagte aber nichts.

Theo wurde merklich selbstständiger. Er beratschlagte sich nun mit seiner Freundin, die zwischendurch einmal wechselte, jene stieß bei mir auch nicht auf Zuspruch. Er ging tatsächlich zur Bundeswehr und entschied sich bald, dort zu bleiben und zu studieren: Luft- und Raumfahrttechnik. Anfangs kam er an den Wochenenden noch nach Hause, doch das verlief sich nach ein paar Monaten. Sein Auszug schließlich war unspektakulär.

Als Theo fort war, langweilte Bea sich. Sie vermisste ihren

Bruder. Ich hatte plötzlich Zeit übrig und stockte meine Stunden auf, was Guido positiv überraschte. Er hatte Bedenken, dass sich die bekannten Muster wieder einschlichen, aber die waren Vergangenheit. Eine ruhige Phase brach an, die uns allen gut tat. Guido war tagsüber im Büro, ich saß daheim in meinem Arbeitszimmer und Bea schloss sich diversen Jugendgruppen an. Sie brachte ständig neue Haustiere mit, die sie draußen obdachlos auflas.

43.

Die Ruhe endete jäh, als Guido mich eines Nachts aufweckte, weil ihn heftige Bauchschmerzen plagten. Guido war nicht wehleidig, er hielt einiges aus, doch jene Schmerzen müssen entsetzlich gewesen sein. Wir beide als absolute Laien tippten auf eine Blinddarmentzündung und fuhren ins Krankenhaus. Ein paar Stunden später wurde er operiert, wobei sich die vermeintliche Blinddarmentzündung als Tumor entpuppte. Guido und ich fielen in eine Art Schockstarre, damit hatten wir nicht gerechnet, das passte nicht in unseren Plan.

Dieser Operation folgten weitere, Guido wirkte auf mich beinahe gespenstisch, er verlor zusehends an Gewicht und manchmal die Hoffnung. Wann immer ich konnte, war ich an seiner Seite, ich konnte ihm seine Angst nicht abnehmen und er mir meine nicht, aber gemeinsam ertrugen wir sie. Und Guido schaffte es, wir schafften es. Er brauchte lange und es bedurfte etlicher Therapien, bis er gesund wurde und sich erholt hatte, doch das war uns egal, er lebte.

Bea litt mit ihrem Vater. Zum ersten Mal wirkte Bea still und nachdenklich, sie distanzierte sich von uns. Nach der zweiten OP weigerte sie sich, ihren Vater zu besuchen. Sie sagte: »Ich will meinen alten Papa wiederhaben. Dieser ist zu anders.« Und sie fing an, nach Britta zu fragen. Außerdem, so fand sie, müsse Britta über seine Krankheit informiert werden, er sei ja auch ihr

Vater. Ich dachte in jenen Tagen und Wochen an alles, aber nicht an Britta. Noch mehr Probleme brauchte ich nicht.

Heute weiß ich, wie egoistisch mein Denken war und schäme mich dafür. Damals dachte ich, Brittas Anwesenheit würde Guidos Heilung verzögern, vielleicht verhindern. Ich wollte sie nicht dahaben, mich interessierte zu dem Zeitpunkt gar nicht, wo sie war und was sie machte. Bea verurteilte mich für meine Arroganz, zu Recht.

Sie orientierte sich indes an Theo, der bereitwillig auf sie achtete. Und sie war oft bei ihren Großeltern – sie suchte sich Menschen, die sich im Gegensatz zu uns wenigstens irgendwie im Gleichgewicht befanden. Mir fehlte die Geduld, mich mit ihren Bedürfnissen zu befassen. Ich erwartete, dass sie mitlief, und sie lief mit, was Britta wahrscheinlich nicht getan hätte.

44.

An die Operationen und Behandlungen reihte sich eine mehrwöchige Reha, bevor Guido nach Hause entlassen werden konnte. Trotzdem wir über Wochen gemeinsam gebangt und gehofft hatten, und Guido es schließlich geschafft hatte, holte mich meine vertraute Angst, ihn während der Reha an eine andere zu verlieren, wieder ein. Meine Verlustangst war stärker als die Fähigkeit, mich auf mich, mich auf mein Leben zu konzentrieren. Und Bea machte ihren Kummer mit sich aus, weil ich nicht in der Lage war, für sie da zu sein. Guido bekam von meiner Angst nichts mit, er sollte seine Energie für sich nutzen.

In der dritten Woche der Reha wollte Bea, die gerade Schulferien hatte, ihren Vater sehen – und ihre Schwester, nur davon sagte sie mir nichts. So brachte ich sie zum Zug und Guido nahm sie am dortigen Bahnhof in Empfang. Sie konnte ihm keine größere Freude machen. Ich hatte noch ein paar Auftragsarbeiten zu erledigen und wollte dann mit dem Auto hinterherfahren.

Ich fuhr auch hinterher, Bea jedoch war fort. Sie hatte ihren

Vater um Brittas Adresse gebeten. »Ich brauche ein bisschen Abwechslung«, meinte sie. Guido konnte nichts dagegen sagen, und er wollte nichts dagegen sagen. Seine Krankheit hatte ihn verändert, er wollte Harmonie in der Familie. Guido und ich redeten viel in diesen Tagen, und ich spürte, wie sehr er sich Brittas Nähe wünschte, wie sensibel, wie verletzlich und weich er geworden war. Für diese Attribute liebte ich ihn umso mehr. Die Frage allerdings, ob ich mir Brittas Nähe wünschte, hob ich mir auf.

Mit entsprechend zwiespältigen Gedanken fuhr ich heim und dachte nach. Endlich dachte ich nach. Und mich ärgerte, wie ich in den letzten Monaten mit Bea umgegangen war – ob ich mich darüber ärgerte, weil nun Brittas Rückkehr zur Debatte stand, wusste ich nicht. Ich überlegte mir tatsächlich, ob es nicht anders gekommen wäre, wenn ich mich intensiver mit Bea beschäftigt hätte. Weshalb ich Britta solchermaßen ablehnte, konnte und wollte ich nicht analysieren.

45.

Bea blieb eine Weile fort. Sie übernachtete in einer Jugendherberge und pendelte zwischen Britta und ihrem Vater in der Klinik hin und her. Britta war damals, nach dem Disput mit Theo, zu ihren Freunden, die auf der Straße lebten, gelaufen und bei ihnen untergeschlüpft. Und Guido hatte Britta, nachdem sie monatelang umhergezogen war, in einem Betreuten Wohnen untergebracht. Er hatte ihr auch angeboten, mit in seine möblierte Wohnung zu ziehen, doch sie wollte nicht, sie wollte keinen neuen Stress. Guido meinte, sie hätte Angst gehabt, zu vertrauen und sich auf jemanden einzulassen, sie verband mit Nähe nichts Positives. Das wiederum war mir zu pathetisch. Guido kannte meinen Standpunkt, deshalb involvierte er mich nicht.

So entschied Britta sich für das Betreute Wohnen. Und Guido hoffte, dass die Sozialpädagogen und Psychologen dort einiges bewegen, vielleicht heilen würden. Eine Prognose wagte niemand, doch der Aufenthalt schien ein guter Kompromiss zu sein. Britta nahm die Schule wieder auf und fügte sich der Hausordnung. Sie begann allmählich, Menschen und Regeln zu akzeptieren.

Was ich ebenfalls nicht wusste und später mitkriegte, war, dass Guido häufig eingebunden wurde und bei etlichen Therapiesitzungen zugegen war. Ich blieb außen vor. Er tat alles ihm Mögliche, damit es unserer Tochter besser ging. Sie sollte einmal dieselben Chancen im Leben haben wie Theo und Bea. Mit wem Guido sich besprach, sich austauschte, und woher er die Kraft holte, schlummerte im Verborgenen. Aber wenigstens verstand ich, dass er sich für eine gewisse Zeit von mir trennen musste.

Guido war seither regelmäßig in Kontakt mit Britta – bis zu jener Nacht der vermeintlichen Blinddarmentzündung. Britta ahnte nicht, dass etwas Schwerwiegendes passiert war und vermutete einen Bruch zwischen ihrem Vater und ihr. Als Guido dann in der Verfassung war, sich bei ihr zu melden, ließ sie sich verleugnen. Erst Beas Auftauchen brachte Klarheit. Bea vermittelte zwischen beiden, doch sie konnte Britta bloß dazu bringen, ihren Vater in der Klinik zu besuchen. Nach Hause zurück wollte sie auf keinen Fall. Guido machte das traurig, aber er respektierte es.

46.

Während Guido sich nach der Reha zu Hause eingewöhnte, sich an Bea und mich gewöhnte, und bei der Arbeit wiedereingegliedert wurde, verließ Britta das Betreute Wohnen. Sie war mittlerweile volljährig und wir hatten keinen Einfluss mehr. Zu mir bestand keine Verbindung, Guido aber wollte Britta nur ungern sich selbst überlassen. Er hatte Angst um seine Tochter. Und ich hatte Angst um seine Gesundheit und fing an, ihn zu animieren. Nicht etwa wegen Britta, sondern weil mir Guidos Genesung wichtig war. Im Nachhinein weiß ich nicht, wie ich so denken konnte, aber ich dachte so.

Britta hatte Bea und Guido über dessen Sekretärin Bescheid gegeben, dass sie in eine WG gezogen und alles in Ordnung war. Genaueres hatte sie nicht erwähnt, kein Warum, keine Adresse, nichts. Guido war deprimiert und Bea wütend, auf mich, weil ich mich nicht interessierte und nicht kümmerte. Bea konfrontierte mich gnadenlos, auf eine dennoch loyale Art.

Plötzlich, niemand rechnete damit, steckte eine Ansichtskarte von Britta im Briefkasten, die alles veränderte. Sie schrieb, es gehe ihr gut, wir müssten uns keine Sorgen machen, und sie grüßte mich herzlich. Ich kann nicht erklären, was da mit mir geschah, doch schlagartig hatte ich eine Tochter, eine zweite Tochter. Nun war es an mir, mich zu bewegen, allein an mir. Sie hatte den ersten Schritt getan.

In meinen Gedanken, in meiner Fantasie konnte ich sie einfach umarmen, wir sprachen uns aus und alles wendete sich. Das aber in die Realität umzusetzen war kompliziert, wenn nicht unmöglich. Ich war mir nicht sicher, wie ich ihr begegnen, was ich sagen sollte. Ich ahnte ja nicht einmal, was sie sich wünschte, wonach sie sich sehnte. Ich wusste nichts von ihr. Und ich war ihre Mutter.

Von Theo und Bea wusste ich eine Menge, ich hatte jeden Tag ihrer Entwicklung miterlebt, und ich liebte sie, weil sie waren, wie sie waren. Ich liebte es, sie zu berühren, ihnen über die Haare zu streichen, sie reden zu hören, sie essen zu sehen und bei Britta fehlte mir all das. Ich konnte mich nicht erinnern, ihr über das Haar gestrichen oder ihr jemals zugehört zu haben.

Vielleicht war Britta klar, was der Gruß in mir auslöste, vielleicht nicht. Ich begann mich zu reflektieren, mich und mein Verhalten, und musste mir eingestehen, dass ich als Mutter bei Britta nicht nur kläglich versagt hatte, sondern mich für sie überhaupt nicht als Mutter empfand. Doch welche Spuren das bei Britta hinterlassen hatte und welche Auswirkungen das eines Tages haben würde, konnte ich damals nicht annähernd ermessen.

Ich überlegte mir viele Dinge, vor allem Dinge, die ich tun konnte, um Britta eine Rückkehr schmackhaft zu machen. Ich wollte die oberen Räume renovieren lassen, ihr Unabhängigkeit garantieren und sie in ihren Ideen unterstützen, sofern sie meine Unterstützung wollte. Ich plante und plante, bis Guido mich wieder auf den Boden holte. »Deine Überlegungen sind illusorisch«, sagte er. Britta sei erwachsen und ohnehin mit den Folgen meiner Erziehung beschäftigt, sie sei nicht formbar und bestimmt nicht in meinem Sinne. Das war die Wahrheit, aber ich wollte meine Tochter zurück und dafür musste ich jedes Mittel nutzen.

Schließlich war es Bea, die den Kontakt zu Britta herstellte. Ich hatte Angst, auf Britta zuzugehen, Angst, es zu verderben, und war dankbar, dass Bea die Initiative ergriff. Selbst Guido hielt sich im Hintergrund, er wollte sich mir nicht vordrängen – und er vertraute mir.

47.

Britta war schwanger und brauchte mich, bloß erfasste ich das nicht. Ich erfuhr es auch nicht von Britta, sondern von Bea, Jahre darauf. Britta war in die WG gezogen, weil sie sich in einen Jungen, der dort lebte, verliebt hatte. Sie überwarf sich mit ihren Betreuern, die ihr geraten hatten zu bleiben und abzuwarten, ob ihre Liebe die ersten Monate überdauerte. Doch Britta verkannte den gut gemeinten Rat und packte ihre Sachen. Einige Wochen später war sie schwanger, die Beziehung kaputt und sie wusste nicht wohin. Dann steckte die Karte in unserem Briefkasten.

Bea, mittlerweile knapp vierzehn, durchschaute im Gegensatz zu mir, dass Britta keine Karte schrieb, wenn kein Anlass bestand. Es gab heftige Diskussionen zwischen Bea, Guido und mir, wobei ich tunlichst an mich hielt. Guido sah Brittas Lage wohl ernst und wie immer schwierig, aber nicht so düster wie Bea. Guido wollte für Britta da sein, sie jedoch nicht mit Hilfsangeboten überschütten. Bea genügte das nicht. Sie nahm ihren Rucksack und machte Britta, die in der WG schon auf gepackten Koffern saß, ausfindig.

In das Betreute Wohnen wollte Britta nicht zurück, sodass Bea gerade im richtigen Moment auftauchte. Britta war von der Möglichkeit nach Hause zu kommen nicht begeistert, aber ihr mangelte es offenbar an Alternativen. Also rief Bea an, machte uns mit den Fakten vertraut – und ich war furchtbar aufgeregt. Ich wollte unbedingt die Chance nutzen und Mutter für Britta werden. Doch das stellte sich schon bald als echte Aufgabe heraus.

48.

Britta zog zu Hause ein, in die oberen Zimmer, aber sie wirkte verschlossen. Guido bat mich, ihr Zeit zu geben, sie nicht zu drängen, nicht zu verurteilen, sondern einfühlsam zu sein, sie zu verstehen zu suchen. Ebendas tat ich, ich wollte nicht gleich wieder alles zerstören. Und während ich versuchte, auf sie einzugehen, einfühlsam zu sein, verlor sie ihr Kind. Ich war dermaßen einfühlsam, dass ich das, wie die Schwangerschaft als solche, nicht bemerkte.

In den oberen Zimmern konnte Britta unabhängig von uns leben, sie hatte eine kleine Kochnische und ein Bad, das nachträglich installiert worden war. Einen eigenen Eingang hatte sie nicht, aber das störte sie wenig. Sie schien froh, dass sie ein Dach über dem Kopf hatte und ihre Ruhe vor uns. Daher bemerkten wir nicht, was oben passierte.

49.

Manchmal kam sie herunter und setzte sich zu mir ins Arbeitszimmer oder in die Küche und wir redeten, einfach so, ohne Vergangenes aufzurollen. Dabei wünschte ich mir nichts mehr, als dass sie meine Versäumnisse ansprach und mir sagte, wie es tatsächlich in ihr aussah. Ich brachte nicht den Mut auf, sie zu fragen.

Britta war eine hübsche junge Frau geworden, sie schminkte sich kaum noch und die Tattoos passten zu ihr. Sie hatte sich enorm entwickelt und ich hatte nicht den geringsten Anteil daran. Einmal erzählte sie mir unter Lachen, wie schmerzhaft es gewesen sei, die scheußlichsten Tattoos entfernen zu lassen und dass sie ein paar davon nur stechen ließ, um mich zu ärgern.

Die Schule hatte sie, nachdem sie aus dem Betreuten Wohnen fort war, unterbrochen und irgendwann abgebrochen. Sie brauchte Geld für das WG-Zimmer und jobbte, in einem Laden für Musikalien und Instrumente. Den Job hatten ihr, Monate zuvor, die Betreuer beschafft. Angedacht war eigentlich eine Ausbildung dort, doch Britta hatte andere Pläne. Sie wollte keine kaufmännische Ausbildung machen. Sie wollte arbeiten und nebenbei ihre schulischen Voraussetzungen verbessern, um hinterher beruflich Musik zu machen. Aber diese Pläne wurden durchkreuzt.

Ihr Freund unterstütze sie nicht, er hatte keine feste Arbeit und war meist unterwegs. Er suchte sich Jobs, wenn das Geld knapp wurde. Anfangs war Britta fasziniert von seiner Lebensweise, bis sie seine Miete mitbezahlen sollte. Er ruhte sich aus, während sie arbeitete und lernte. Er erwartete von ihr, dass sie ihn bediente und umhegte. Sie sollte für ihn kochen und seinen Putzdienst übernehmen, die Musik verbot er ihr. Als sie sich weigerte und seine Liebe infrage stellte, verprügelte er sie. Derart heftig, dass eine Mitbewohnerin sie ins Krankenhaus bringen musste, wo sie ein paar Tage blieb und von wo aus sie die Karte verschickte. Das immerhin sagte Britta mir. Dass er sie tyrannisierte und bereits mehrmals geschlagen hatte, behielt sie für sich. Auch, dass ihr in der Klinik empfohlen wurde, in ein Frauenhaus zu gehen.

50.

Wir freuten uns, Britta wieder bei uns zu haben, obwohl ich ihr mit einer latenten Skepsis begegnete. Ich war mir nicht sicher, inwieweit ich ihr vertrauen konnte. Guido nahm sie, wie sie war. Er konnte das, ich nicht. Einerseits gewährte ich ihr Freiheit, andererseits versuchte ich sie zu manipulieren. So wollte ich alles von ihr und den letzten Jahren wissen, verstand, dass sie erwachsen geworden war, und konnte es doch nicht ertragen. Ich hatte keine Ahnung, wie sie dachte und fühlte, wollte die Kontrolle über sie aber nicht abgeben – wobei ich jene längst verloren oder nie besessen hatte.

Manchmal brachte sie ein paar Freunde mit, mit denen sie Musik machte. Ihre Sturm- und Drangzeit war vorbei, trotzdem sorgte ich mich. Ich sorgte mich, dass sie ihren Weg nicht fand, und bemerkte nicht, dass sie oben lag und ihr Kind verlor, nicht einmal, dass sie schwanger war. Mir fiel bloß auf, dass Bea sich intensiv um ihre Schwester bemühte. Sie war oft oben, schlief sogar bei Britta, und ich begriff nichts.

In dieser Zeit beschloss Britta, das Abitur nachzuholen. Selbst davon bekam ich nichts mit. Wenigstens sah ich, dass sie dünner wurde und blass war, doch das schob ich auf das Erlebnis mit ihrem Freund. Bea verhielt sich eigenartig, signalisierte aber nichts. Im Gegenteil, sie wich mir aus, was ich überhaupt nicht von ihr kannte.

Guido wusste ebenfalls nichts. Britta wollte nicht, dass etwas durchsickerte. Sie wollte Guido nicht belasten. Und Beas Vorschlag, sich an mich zu wenden, wies Britta zurück, mit der Begründung, dass ich sie und ihre Situation kaum nachempfinden könne – ich hätte ja eine Mutter gehabt. Als Bea mir das Jahre später erzählte, weinte ich. Erst da kapierte ich wirklich.

Ein paar Tage nach dem Ereignis verschwand Britta. »Ich ertrage die Enge nicht, ich muss nachdenken«, sagte sie. Sie wolle fort, um sich über einiges klar zu werden. Erneut tat ich ihr unrecht, weil ich glaubte, dass alles umsonst gewesen sei. Bea indes beschwichtigte mich, ich solle ihr Zeit geben, sie ziehen lassen. »Es ist wichtig«, sagte sie. Guido äußerte sich nicht, er setzte auf seine Töchter und hoffte.

Als Britta zurückkam, war etwas passiert, in ihr war etwas passiert. Und dass sie sich weder erholt hatte, noch im Urlaub war, war offensichtlich. Irgendwie schien sie diese Wochen, diesen Abschnitt gebraucht zu haben. Sie wirkte, als ob sie etwas Fundamentales hinter sich gelassen hätte, hinter sich lassen konnte. Anschließend vergrub sie sich in ihren zwei Zimmern. Mitunter hörte ich sie Gitarre spielen oder Querflöte. Mir war entgangen, wie musikalisch sie war. Oder ich hatte es vergessen. Ich war so froh, dass sie wieder da war.

51.

Zu gern hätte ich die Welt und die Zeit angehalten, doch leider hatte ich keinen Einfluss auf die dann folgenden Ereignisse. Mein Schwiegervater verstarb. Eines Morgens lag er tot im Bett neben seiner Frau. Es war der schönste Tod, den ich mir vorstellen konnte, meine Schwiegermutter allerdings, suchte nach Schuldigen. Sie machte Gott und jeden dafür verantwortlich. Sie war nicht eventuell dankbar für die vielen Jahre oder für das Glück, das sie gemeinsam hatten.

Ich ahnte beinahe, was passieren würde. Nämlich, dass sie ihren Platz bei uns, in unserem Hause, wenn notwendig, einklagen würde. Sie erhob Anspruch auf die oberen Räume, die einst meine Mutter bewohnt hatte. Britta interessierte sie nicht. »Ich kann ohnehin nicht nachvollziehen, warum ihr sie aufgenommen habt«, sagte sie, »als ob sie euch nicht schon genug Elend beschert hätte.« Ich unterdrückte meinen Zorn und konterte, dass Britta uns dringend brauchte, wurde besänftigender, überzeugender, doch meine Schwiegermutter ließ sich nicht erweichen. Sie wollte in die oberen Räume, schnellstens.

Als sie bei mir keinen Erfolg hatte, wandte sie sich an Guido.

Und Guido verzweifelte schier an seiner Mutter. Er wollte, dass Britta blieb, er wollte sie nicht noch einmal verlieren. Außerdem, fand er, bewältigte seine Mutter ihren Alltag sehr gut allein. »Britta ist auf uns angewiesen«, sagte er. Doch meine Schwiegermutter sah das anders, ganz anders. So wandte sie sich direkt an Britta, und wir konnten es nicht verhindern, wir wussten nichts davon. Sie bat Britta, auf ihre hinterlistige Art, auszuziehen. Sie erwartete geradezu von Britta, dass sie auszog. Und Britta zog aus.

52.

Britta fühlte sich möglicherweise schuldig. Oder meine Schwiegermutter redete solange auf sie ein, bis sie sich schuldig fühlte, bis sie ihr die Zimmer räumte, zumindest ist das meine Erklärung. Niemand kriegte etwas davon mit, selbst Bea nicht. Meine Schwiegermutter war tückisch genug. Mich wunderte nur Brittas fixes Handeln. Bea hatte erwähnt, dass sie sich auf verschiedene Aufnahmeprüfungen vorbereitete und ziemlich unter Druck stand. Sie wollte sicherheitshalber mehrgleisig fahren, hatte daher verschiedene Schul- und Ausbildungsmodelle ins Auge gefasst. Und egal für welchen Weg sie sich entschieden hätte, wir hätten sie unterstützt. Doch sie entschied sich zu gehen. »Es ist fair, dass nun auch diese Oma bei uns wohnt«, sagte sie. Und dass sie ihr die Wohnung nicht wegnehmen wolle. Guido und ich wollten sofort andere Räume für sie herrichten, aber Britta lehnte ab. Sie sagte, es sei okay, wir müssten uns keine Gedanken machen.

Meine Schwiegermutter hatte Britta eine größere Summe Geld geboten, als Start ins Leben, und ihr weitere Gelder für die Ausbildung zugesichert. Sie machte jedoch Brittas Stillschweigen zur Bedingung. So erfuhren wir nichts, weder von meiner Schwiegermutter noch von Britta. Wobei Britta ausdrücklich betonte, dass sie rundum zufrieden und der Auszug richtig sei.

Sie und Bea stöberten eine günstige WG auf, in der Musik erlaubt war. Trotzdem sah sie die WG als kurzfristige, als absehbare Lösung an, langfristig wollte sie die Stadt wechseln. In diesem Punkt konnte ich sie nachvollziehen, sie wollte sich woanders neu finden, ausprobieren. Guido und ich waren fast dankbar, dass wir sie vorerst in der Nähe hatten.

Britta ihrerseits distanzierte sich zwar, blieb aber für uns erreichbar, wir wussten, wo sie sich aufhielt. Nach Hause kam sie eher selten, sie hatte keine Zeit – sie baute an ihrem Abitur und jobbte nebenbei. Sie wollte alles allein schaffen, glaubten wir, es war typisch für sie. Manchmal traf sie sich mit Bea und blieb zum Essen, was uns umso mehr freute. Britta war wieder im Leben, das war offensichtlich. Doch Britta war labil und wir konnten ihr nur wünschen, dass diese Periode anhielt.

53.

Die Ankunft meiner Schwiegermutter tauchte im Tagesgeschehen unter. Sie spannte Theo ein und Leute, die sie bezahlte, um ihre Habseligkeiten aus- und einzuräumen. Mit uns konnte sie nicht rechnen. Aber das berührte sie nicht. Den Hausverkauf übergab sie einem Makler, Eile hatte sie keine, sie wollte alles Schritt für Schritt abwickeln.

Guido und ich führten etliche Diskussionen mit ihr, weil wir nicht erkennen konnten, warum sie umziehen wollte. Sie lebte in einer Eigentumswohnung, die altersgerecht geschnitten, ebenerdig und die dazu nicht weit von uns gelegen war. Mein Schwiegervater hatte beim Kauf darauf geachtet. Er wollte, dass beide – unabhängig wer wen überlebte – bis ins hohe Alter allein zurechtkamen und sobald es notwendig wurde, wir ihnen behilflich sein konnten. Außerdem wahrten beide gute Kontakte, sie hatten einen Freundeskreis. So stellte eine Wohnung unter dem Dach, ohne Lift und eigenen Eingang eine deutliche Verschlechterung dar. Und wir waren nicht bereit, ihr diese Modalitäten anzugleichen. Doch meine Schwiegermutter pochte auf den Umzug, bis ihr die Argumente, die keine waren, ausblieben und sie Guido mit der Tatsache konfrontierte, dass meine Mutter sich jahrelang bei uns eingenistet hätte. »Und darüber hinaus ist sie von euch gepflegt worden«, sagte sie. Guido rang um Worte und ich um die Beherrschung.

Ich empfand ihr gegenüber nichts als Groll, was sich auch nicht mehr änderte. Mitunter glaubte ich, dass sie eines Tages an meinem Groll ersticken würde. Tat sie aber nicht, sie lebte noch einige Jahre bei uns, ehe sie verstarb.

Meine Schwiegermutter war anstrengend und jeder einzelne Tag mit ihr war eine Herausforderung. Sie probierte uns alle auszubooten, insbesondere Bea und Guido. Allerdings durchschaute Bea das und hielt sich von ihr fern, woraufhin sie sie erpresste. Wenn sie von Bea nicht kriegte, was sie wollte, drohte sie sie mit weniger Taschengeld zu unterstützen. Aber Bea ignorierte das, sie ärgerte sich nicht einmal. »Die Oma ist eben verbittert, sie kann nicht anders«, sagte sie. Guido wiederum resignierte fast.

Meine Schwiegermutter spann regelmäßig Intrigen, und ihre Bosheiten bestimmten nicht selten unseren Tag. Wie in alten Zeiten mischte sie sich in sämtliche Abläufe und Entscheidungen ein oder versuchte, Guido gegen mich aufzuhetzen. Und sie ließ an Britta kein gutes Haar. Die Schuld an ihrer »entgleisten Biografie« trug selbstverständlich ich. Abgesehen davon schätze sie Britta als faul ein und beschimpfte sie als Herumtreiberin. Kurzum, sie benahm sich unmöglich, erwartete jedoch von uns, speziell von mir, dass sie bis zu ihrem Ende versorgt war und, im Falle einer Pflegebedürftigkeit, entsprechend gepflegt wurde. Zum Glück kam es dazu nicht. Sie wurde zwar mit den Jahren senil, aber nicht übermäßig, und körperlich hatte sie kaum Einschränkungen, sodass sie bis zum Schluss aktiv an unserem Leben teilnehmen konnte. Bloß wollte sie das nicht, sie behauptete stets ihr Treppchen inklusive einer erhöhten Aufmerksamkeit.

Als Bea uns eines Abends eröffnete, dass sie die Schule nach der zehnten Klasse beenden würde, weil sie eine Berufsausbildung machen wollte, erlitt meine Schwiegermutter etwas später einen Herzinfarkt. Und sie war grausam genug, Bea dafür verantwortlich zu machen. Meine Schwiegermutter überlebte den Infarkt nahezu folgenlos, sie wirkte nur noch verbitterter, und so ging die Tyrannei beharrlich weiter.

54.

Bea machte ihre Vorstellungen wahr, ohne Wenn und Aber. Sie verließ die Schule und schloss eine zweijährige Berufsfachschule an. Sie wollte herausfinden, welcher Beruf im sozialen Bereich am stimmigsten für sie war. Meine Schwiegermutter zählte ihr permanent die Chancen auf, die sie versäumte. Doch Bea diskutierte nicht, sie setzte ihrer Großmutter klare Grenzen, was ich nicht konnte. So drängte meine Schwiegermutter uns als Eltern, einzuschreiten. Wir sollten anordnen, dass Bea ihr Abitur machte und studierte. Aber wir schritten nicht ein.

Gleichwohl langweilte Bea sich in diesen zwei Jahren, sie war unterfordert und schwankte, ob sie auf dem richtigen Weg war. Sie redete häufig mit Britta. Britta war für sie da, was mich neidisch machte. Erst als sie erwog, nach der Fachschule als Au-pair ins Ausland zu gehen, wandte sie sich wieder an uns. Sie wollte nach Amerika. Unsere Begeisterung war verhalten, gespalten. Einerseits waren wir froh über den Lauf, andererseits hatten wir Angst um Bea, und wir mussten sie gehen lassen – plötzlich schien uns die Zeit mit ihr fortzurasen. Meine Schwiegermutter indes triumphierte, sie wollte sämtliche Kosten für den Aufenthalt tragen. Sie fühlte sich bestätigt und meinte, diese Bestätigung finanziell ausdrücken zu müssen.

55.

Als Bea dann für ein Jahr nach Amerika geflogen war, mussten wir uns mit meiner Schwiegermutter arrangieren. Sie verlangte Guido und mir unglaublich viel Zeit und Energie ab. Sie erwartete, dass wir ihr jede freie Minute widmeten, selbst unseren Urlaub verschoben wir bis auf Weiteres, weil wir nicht wagten, sie allein zu lassen, und mitnehmen wollten wir sie nicht. Wie Kinder flohen wir vor ihr, Guido hielt sich vermehrt im Büro auf und ich versteckte mich hinter meinem Schreibtisch. Theo holte sie manchmal für ein paar Stunden zu sich, er lebte inzwischen mit einer Frau zusammen und arbeitete als Ingenieur. Guido und ich genossen diese Stunden.

Britta befand sich in einer Ausbildung zur Musical-Darstellerin. Sie meldete sich nur sporadisch. Wir hatten nicht teil an ihrem Leben. Britta fehlte die Struktur – sie hatte immer wieder Phasen, in denen es ihr nicht gut ging, in denen sie sich isolierte, alles hinwarf und von vorne beginnen musste. Oder sie verschwand einfach und niemand wusste, wo sie war. Das waren die Spuren ihrer Kindheit und meiner Ablehnung, doch das verdrängte ich. Die Angst um Britta veränderte sich irgendwann, passte sich vielleicht an, sonst hätten wir uns verloren, Guido und ich hätten uns verloren.

56.

Ordentlich turbulent wurde es, als Bea aus Amerika zurückkehrte. Wir freuten uns, dass sie wieder bei uns war, doch wir spürten, wie unabhängig, wie frei sie geworden war und wir sie bald ganz ziehen lassen mussten. Meine Schwiegermutter allerdings hoffte, sie würde abwarten, sich besinnen und nach einem akademischen Beruf umschauen. Und sie lockte sie, wie gehabt, mit ihrem Geld. Aber Bea blieb sich treu. Sie vereinbarte ein freiwilliges soziales Jahr in einer Behinderteneinrichtung, währenddessen sie zu Hause wohnte und sich um eine Ausbildung bemühte. Die Option für ein späteres Studium ließ sie sich offen. Erstmal wollte sie Erzieherin werden.

Aber meine Schwiegermutter konnte das nicht akzeptieren. Und als Geld nicht mehr wirkte, bestrafte sie sie emotional, indem sie mit uns, aber nicht mit ihr kommunizierte, sie komplett übersah und ihr vorwarf, den Amerika-Aufenthalt umsonst gezahlt zu haben. Das Gros ihrer Bösartigkeiten focht meine Schwiegermutter jedoch hinter unserem Rücken aus, bis Bea Guido einweihte. Ihr wurde es zu viel.

Guido stellte seine Mutter zur Rede und vor die Wahl, sich entweder zu mäßigen und aus internen Dingen herauszuhalten oder über eine neue Unterkunft nachzudenken. Meine Schwiegermutter reagierte prompt und erzählte ihm zuckersüß, was sie alles für seine Familie getan hatte. »Daher habe ich durchaus ein Recht auf Mitbestimmung«, sagte sie. Außerdem brachte sie an, dass sie Britta über Jahre hinweg finanziert hätte, und Theo ohne sie seine Ziele ebenfalls nicht hätte verfolgen können, wenigstens nicht ohne Hindernisse.

In Guido brodelte es. Endlich erhob er sich gegen seine Mutter und sprach wütend aus, was er dachte. Selbst seinen erzwungenen Internatsbesuch, welcher Jahrzehnte zurücklag, thematisierte er. Aber sie verstand nicht, was er sagte, und beschuldigte mich als Anstifterin. Zuletzt bat Guido sie zu gehen.

57.

Meine Schwiegermutter ging nicht, sie blieb. In den folgenden Wochen war sie wie ausgewechselt, obwohl die Vorwürfe nicht bereinigt wurden und der Bruch deutlich spürbar war. Wir erwarteten beinahe stündlich ihre Rückverwandlung und suchten nach dem »wahren Ich« hinter der fremden Fassade. Manchmal konnten wir nicht umhin, sie ein bisschen zu provozieren. Doch insgesamt probierten wir, ihr nicht unnötig Beachtung zu schenken. Und wenn unsere Beachtung gar zu knapp ausfiel, wurde sie krank. Sie verknackste sich den Knöchel, oder klagte über Bauch-, Herz- oder Rückenschmerzen. Bis sie sich tatsächlich rückverwandelte. Ihr Verhalten änderte sich postwendend, als Bea uns ihren Freund präsentierte.

Bea war die jüngste, und wir wollten uns alle nicht eingestehen, dass sie längst erwachsen geworden war und ihre eigenen Entscheidungen traf – und sie einen Freund hatte und ihre Sexualität lebte. Für Guido war das am schwersten, er beäugte ihren Freund genau. Er war eifersüchtig, wie ich einst bei Theo. Bei meiner Schwiegermutter wiederum handelte es sich nicht um Eifersucht, sie sah ihre Machtposition schwinden – über Bea glaubte sie frei zu verfügen. Obgleich sie über Bea nicht verfügte. Am ehesten verfügte sie über Guido und mich, aber wir zeigten das nicht.

58.

Beas Freund war Sozialarbeiter, eloquent, sensibel und sehr sympathisch. Sie hatten sich während eines Seminars kennengelernt. Er bestärkte sie vom ersten Moment an, sodass sie sich ohne die alten Zweifel auf das soziale Jahr einlassen und sich orientieren konnte. Später entschloss sie sich, mit behinderten Kindern zu arbeiten.

Bea und ihr Freund sind bis heute zusammen, bis heute harmonieren sie und scheinen glücklich. Manchmal schaue ich die beiden, die Drei an, und fühle mich zurückversetzt. Sie erinnern mich an die Zeit, in der Guido und ich, nachher mit Theo, noch am Anfang standen. Die Probleme von damals wirken fast klein, dabei waren sie groß. Es sind auf heute übertragen nur andere geworden.

Für meine Schwiegermutter schier unfassbar war die Tatsache, dass Bea einen Freund hatte, der im sozialen Bereich arbeitete, der keinerlei Karriere und keinen Titel anstrebte. Ihm genügte sein Job, er mochte seine Arbeit. Er fühlte sich wohl mit dem, was er tat. Sie glaubte, dass er Bea negativ beeinflusste und aus Eigennutz ihre Fähigkeiten untergrub. Jenen Eigennutz sah aber nur meine Schwiegermutter. Sie stichelte und hackte solange auf Bea herum, bis Bea keine Lust mehr hatte, sich mit ihr zu befassen. So übernachtete sie immer öfter bei ihrem Freund und zog schließlich ganz zu ihm. Meine Schwiegermutter tobte, Bea hatte weder ein Abitur noch eine Ausbildung vorzuweisen, im Gegenteil, sie steckte mittendrin und machte trotzdem, was sie wollte.

Bald nachdem Bea ausgezogen war und wir uns erneut mit meiner Schwiegermutter arrangieren mussten – Guido und ich überlegten uns permanent, wie wir ihr am erfolgreichsten aus dem Weg gingen –, starb sie plötzlich. Guido fand sie im Garten, mit einer Zeitung auf dem Bauch. Neben ihr standen eine leere Kaffeetasse und ein Stück Kuchen, von dem sie noch gegessen hatte. Ich hatte sie nie zuvor mit einem derart friedlichen Gesichtsausdruck gesehen. Ein Gesichtsausdruck, der mich ihr das Vergangene beinahe verzeihen ließ.

59.

Für Guido und mich brach eine wunderbare Zeit an, vielleicht die wunderbarste, die wir miteinander hatten. Es sollten die letzten gemeinsamen Jahre sein, bloß wusste ich das nicht. Ob ich etwas anders gemacht hätte, wenn ich es gewusst hätte, weiß ich nicht. Ich wünsche mir jedoch, dass ich ihm häufiger gesagt hätte, wie sehr ich ihn liebe.

Nach dem Tod seiner Mutter räumte Guido die oberen Zimmer aus und modernisierte sie. Er wollte seinen Kindern einen Unterschlupf bieten können. Dabei dachte er in erster Linie an Britta, die durch ihre extremen Höhen und Tiefen, ihre Abstürze laufend auf Wohnungssuche war. Doch Britta kam nicht zurück, sie blieb fort. Sie machte alles mit sich allein aus.

Mit einer Rückkehr von Theo brauchten wir nicht zu rechnen. Er war verheiratet und seine Frau schwanger, ihr Leben schien zu funktionieren. Bisweilen verhielt er sich unmöglich, aber seine Frau duldete das. Sie liebte ihn. Theo konnte in der Interaktion schwierig sein, er fühlte sich anderen überlegen. Ob er es tatsächlich war, konnte nur er selbst beurteilen.

Und Bea, die Jüngste, zog es definitiv nicht nach Hause. Sie saß häufig mit Guido und mir zusammen, meist mit ihrem Freund, doch an ein Zurück war nicht zu denken. Bea ging es gut, richtig gut, privat und beruflich. Sie liebte ihren Beruf und qualifizierte sich kontinuierlich weiter. Ich fand es fast schade, dass ihre Großmutter ihren Weg nicht mehr verfolgen konnte.

Guido und ich hatten nun Zeit für uns. Er reduzierte seine Stunden, die er wegen der kaum auszuhaltenden Anwesenheit seiner Mutter nahezu verdoppelt hatte, und reorganisierte einiges. Er meinte, die Kollegen im Büro würden gut ohne ihn fertig. Seine Position erlaubte ihm ein solches Denken, wobei er für mein Gefühl nach wie vor zu viel arbeitete.

60.

Unser Alltag veränderte sich und mit ihm veränderten wir uns. Kleinigkeiten, Lapidares wie zu zweit zu frühstücken oder Umarmungen kriegten einen neuen Stellenwert. Unsere Gespräche gewannen mit jedem Einzelnen an Tiefe, und wir nahmen uns wieder wahr. Es war wie früher und doch völlig anders. Wir verreisten häufig, tauschten Zärtlichkeiten aus, als wären wir Teenager, bloß sinnlicher, und wir lebten. An seinem ersten Enkelkind, Brittas Karrierestart und Beas stetem Emporkommen durfte Guido sich noch erfreuen, bevor er gehen musste. Wenigstens hatten wir uns morgens voneinander verabschiedet, daran klammerte ich mich krampfhaft fest. Gleichwohl empfand ich Guidos Tod als das Schlimmste, das mir widerfahren konnte.

Heute bin ich dankbar, dafür, dass ich ihn hatte, und dafür, dass wir uns begegnet sind. Heute bin ich mir des Reichtums meines Lebens bewusst, was lange nicht so war. Nach Guidos Tod verfluchte ich alles und jeden, ich tat mir selbst leid und fühlte mich nicht mehr als Teil dieser Welt. Doch ich war Teil dieser Welt, und ich brauchte Jahre, um das zu verstehen.

Anfänglich war ich wütend. Ich war wütend, weil ausgerechnet mich dieses Schicksal traf, weil ich obendrein viel zu jung war. Ich haderte und glaubte, dass nur ich litt, es jedem anderen Menschen besser ging als mir. Insbesondere die Nächte waren furchtbar, ich grübelte und weinte, ich wollte Guido zurück. Ich wollte nicht allein sein. Ich war nicht allein, und bemerkte es nicht. Theo und Bea waren da, wann immer sie Zeit hatten. Und sie nahmen sich Zeit, wenn sie keine hatten, und ich sie brauchte.

Doch ich sah nur mich. Meine Kinder hatten ihren Vater verloren und ich sah nur mich. Britta kam zur Beerdigung, sie lud mich zu ihren Aufführungen ein, um mich abzulenken. Aber ich wollte nicht, ich konnte nicht. Britta trauerte auf ihre Weise und ich wusste, dass sie eine größere Last, dass sie mich nicht zusätzlich tragen konnte.

61.

Es dauerte, bis der Alltag Alltag wurde, es wollte einfach keine Normalität einkehren. Ich war mit mir selbst überfordert, mir fehlte Guido und mir fehlte vor allem ein Motiv, ein Grund, um weiterzumachen. Manchmal trank ich schon morgens Wein, ich hatte ja nichts zu verlieren, so dachte ich. Meine Arbeit erledigte ich nebenbei, obgleich ich nicht arbeiten musste, Guido hatte mich gut versorgt. Trotzdem war etwas in mir, das mich arbeiten ließ und das mich im Leben hielt. Eine Kraft, die tief in mir wohnte, die da zum Vorschein kam.

In der Realität landete ich allerdings erst wieder, als ich auf Theos Tochter aufpassen sollte, die sich in einer Sekunde der Unachtsamkeit von meiner Hand losriss und auf die Straße lief. Das herannahende Auto bremste scharf und gerade noch rechtzeitig, sodass niemandem etwas passierte, doch mit mir passierte in jenem Augenblick eine Menge.

62.

Theo und seine Frau brachten ihre Tochter häufig zu mir. Inzwischen war ich die Großmutter, die ihre Kinder entlastete. Ich hoffte, dass mir der Spagat zwischen Entlasten und Einmischen gelang. Theos Frau arbeitete halbtags und benötigte mitunter ein bisschen Abstand von ihrer Familie – Theo machte enorme Ansprüche an sie geltend. Obwohl Theo mein Sohn war, fragte ich mich, weshalb sie bei ihm blieb. Ich erinnerte mich an Guido, der sich über seinen arroganten Sohn ärgerte, während ich ihn und sein Verhalten schützte.

Zu Britta bestand ein seltsamer Kontakt. Sie schaute herein, wenn sie in der Nähe war oder meldete sich, wenn sie den Eindruck hatte, mich zu vernachlässigen. Ich konnte ihr nicht klarmachen, dass sie mich nicht vernachlässigte, dass ich für mich verantwortlich war und durchaus in der Lage, allein zurechtzukommen. Sie hatte schon genug Probleme mit sich.

Bei Bea war das anders. Sie und ihr Freund gingen bei mir ein und aus, sie fühlten sich bei mir heimisch, es war so rund. Bea war belastbarer als Britta. Sie spürte, wann Reden angemessen war oder was notwendig war. Ihr Beruf hatte sie geprägt und dennoch eine gewisse Leichtigkeit bewahren lassen.

63.

Ungefähr zwei Jahre nach Guidos Tod schlug Theo mir vor, das Haus zu verkaufen. »Es ist zu groß für eine Person«, sagte er. Es stimmte, aber es war zu früh, viel zu früh. Ich warf ihm Undankbarkeit vor und Unverständnis. Ich musste zugeben, dass er mich tatsächlich nicht verstand. Theo agierte rational, Emotionen waren nicht relevant. Für mein Empfinden begriff er nicht einmal sein eigenes Glück, seine Frau war wieder schwanger, und für ihn war das selbstverständlich, das banale Erfüllen eines Wunsches. Die Möglichkeit, dass etwas nicht nach Plan funktionierte, gab es nicht. Und leider hatte ich mit meiner Erziehung, mit meiner übermäßigen Liebe diese Oberflächlichkeit, diese Lebensart forciert, auch wenn ich das früher nicht sehen wollte.

Nach etlichen Gesprächen mit Bea und ihrem Freund war ich dann so weit. Ich war bereit, Abschied zu nehmen. Die Erinnerungen an Guido waren in mir, sie gehörten zu mir, egal, an welchem Ort ich war. Und das Haus bedeutete Schwere, es erdrückte mich fast. Es ging mir dort nicht gut. Allein, ohne Guido ging es mir dort nicht gut. Freunde hatten wir in der Nachbarschaft ein paar gemeinsame, doch die Verbindungen trugen nicht, sie reichten nicht aus, um zu bleiben.

Trotzdem unser Verhältnis bisweilen unterkühlt und angespannt war, bat ich Theo schließlich, sich nach einer Eigentumswohnung für mich umzuschauen. Ich wollte unbedingt etwas Eigenes, warum, konnte ich nicht erklären. Theo wurde bald fündig und drängte, aber ich schwankte. Ich konnte mich nicht entscheiden, oder das Endgültige machte mir Angst. Erst als seine zweite Tochter geboren war und sprechen lernte, schaffte ich es, unser Haus zu verlassen und eine fremde Wohnung als schön, als geeignet anzuerkennen.

64.

So zog ich mit meinen Möbeln und meinen Erinnerungen in ein anderes Viertel und ließ das alte Leben hinter mir. Es brauchte, bis ich meine Wohnung und mein neues Leben akzeptieren konnte, bis ich mein neues Leben als Chance begreifen konnte. Und als ich es begriffen hatte, begann ich, ich zu sein. Und ab da begann ich mich wohlzufühlen. Meine Wohnung wurde mein Zuhause und meine Kinder wurden wieder meine Kinder. Ich war zu jung für einen Rollentausch, zu jung, um mich von ihnen abhängig zu machen. Ich besann mich auf meine Hobbys, die nahezu brachlagen, ich liebte doch Kunst und Kultur. So besorgte ich mir verschiedene Abonnements und besuchte Veranstaltungen – und ich fand einen neuen Bekanntenkreis. Ich fühlte mich wieder gut, anders gut als früher, aber dennoch gut.

In der Zwischenzeit bekam Bea ihr erstes Kind, und Theo und seine Frau überlegten, ob sie sich trennten, rauften sich wegen der Kinder aber regelmäßig zusammen. Und immer, wenn der eheliche Stress zu arg wurde, blieben die Mädchen bei mir. Es waren tolle Kinder, und ich wünschte ihnen, dass sie möglichst ohne Brüche aufwachsen konnten. Britta meldete sich, wenn ihr danach war. Ich hatte mich daran gewöhnt, wie ich mich daran gewöhnt hatte, dass ihr Leben nie glatt lief, ihr permanent Steine im Weg lagen. Sie hatte diverse Beziehungen und eine schlimme Trennung hinter sich. Ich lernte den Mann nicht kennen, doch ich wusste, dass er sie bedroht und emotional beinahe zerstört hatte. Es bedurfte Monate, ehe sie sich davon erholt hatte.

Meine Familie war und blieb das Wichtigste, mein Mittelpunkt. Trotzdem war ich unabhängig und hatte meine Leute, meine Bekannten, mit denen ich mich traf und gelegentlich Urlaub machte. Auf eine Partnerschaft ließ ich mich nicht mehr ein, obgleich es einige Kandidaten gab, die interessant gewesen wären. Aber ich wollte nicht, mein Leben war ausgefüllt und in Ordnung.

Beruflich passte ich mich dieser Entwicklung an. Manchmal kümmerte ich mich um ein paar Aufträge, um den Anschluss, die Präsenz nicht zu verlieren, aber der Drang nach Karriere oder etwas zu gelten, war vorbei.

65.

Und nun lehne ich an der Wand und freue mich auf Britta, auf ihren neuen Freund und den Rest meiner Familie. Britta tat ganz geheimnisvoll als sie mich einlud, und sie wirkte glücklich. So glücklich, dass ich glaube, dass sie schwanger ist. Vielleicht wünsche ich mir das auch nur. Auf jeden Fall wünsche ich ihr, dass es ihr gut geht – mit oder ohne Kind. Ich bin gespannt, wie Britta wohnt und wo sie mich unterbringen möchte. Sie ist kürzlich mit ihrem Freund zusammengezogen. Und ich bin froh, dass sie mich teilhaben lässt. Sie scheint angekommen zu sein. Nachdem sie über Jahre hinweg mit sich, dem Leben und mir uneins war, scheint sie jetzt angekommen zu sein. Dafür bin ich dankbar, unendlich dankbar.

Mit diesen Gedanken, diesem inneren Wohlgefühl steige ich ins Auto. Irgendetwas in mir ahnt zwar, dass ich nicht hierher zurückkehren werde, doch ich lasse mich nicht irritieren und fahre los. Ich drehe die Musik auf und singe mit. Ich bin ruhig und gelöst wie lange nicht mehr. Die Straße ist fast leer und ich gebe Gas. Den LKW, der plötzlich ausschert, sehe ich noch, bevor mir klar wird, dass ich nicht mehr erfahren werde, was Britta mir sagen wollte.

VERSÖHNUNG

1.

Heute ist mein 36. Geburtstag, die Sonne scheint und die Vorbereitungen für die Feier sind abgeschlossen. Ich bin ein bisschen aufgeregt, weil ich gleich meiner Mutter begegnen werde, sie besucht mich zum ersten Mal und bleibt über Nacht. Mein Angebot, noch ein paar Tage anzuhängen, hat sie sich offengelassen. Meine Geschwister mit ihren Familien kommen ebenfalls und ich freue mich auf sie, vor allem aber freue ich mich auf meine Mutter.

Wir haben uns länger nicht gesehen, was an mir lag, ich hatte einiges zu tun. Früher war unser Verhältnis verzwickt und kompliziert, ich fühlte mich von ihr nicht verstanden. Doch mit der Zeit haben wir es geschafft, uns anzunähern. Ich liebe sie. Ich liebe sie, wie eine Tochter ihre Mutter liebt. Bloß weiß sie das nicht, ich habe es ihr nie gesagt. Heute soll sich das ändern, ab heute soll sich alles ändern. Mir geht es prima. Ich wage es fast nicht und würde dennoch sagen, dass ich glücklich bin. Vielleicht ist es auch nur der Wunsch danach oder blanke Illusion. Wer weiß das schon? Ich bin schwanger und kann es kaum fassen. In meinem Leben ist so viel Negatives passiert, dass ich den Glauben an das Gute bereits verloren hatte.

Ausschlaggebend für den Richtungswechsel waren wohl die letzten Jahre. In mir hat ein Umbruch stattgefunden. Ich konnte etwas Großes, etwas Schweres zurücklassen, ich erlebe mich nicht mehr als fern, als fremd in meiner Umgebung. Ich beginne mich als dazugehörig zu empfinden. Und ich beginne die Chancen, die sich mir bieten, zu nutzen. Ich fange an zu leben. Endlich.

2.

Mittlerweile schaue ich mich an und kann mich akzeptieren, mich und mein Äußeres. Meine Haare sind schulterlang und dunkel, ich färbe sie nicht mehr. Einige meiner Tattoos habe ich entfernen lassen und die Nasenstecker sind überholt. Mit meiner Figur bin ich nicht zufrieden, aber das ist vermutlich keine Frau. Meist fühle ich mich zu dick oder unansehnlich, obwohl ich es nicht bin. Die Ursache dafür konnte ich nicht ausmachen, so waren Diäten meine täglichen Begleiter. Inzwischen esse ich, was mir Spaß macht, und rechne weniger in Kalorien um, trotzdem es mir schwerfällt.

Ich habe gelernt, mich anzunehmen, mich als Individuum. Wobei ich im Ergebnis angepasst wirken muss, dermaßen angepasst, dass ich mich selbst manchmal als zu spießig, als zu brav empfinde. Und doch bin ich stolz auf mich, auf die Rolle, die ich nun innehabe. Eine Rolle, die ich mir nicht zugetraut hätte, die früher undenkbar gewesen wäre. Früher habe ich rebelliert, mich aufgelehnt, gegen meine Familie, gegen meine gesamte Umwelt. Allmählich bin ich ruhiger geworden, die Klamotten sind nicht mehr schwarz und zerrissen, und die Narben sind verheilt. Noch immer sichtbar, aber verheilt. Ich muss nicht mehr darauf achten, dass sie verdeckt bleiben, dass ich angestarrt werde. Die echten Narben liegen tiefer.

3.

Vor ein paar Wochen sind Marek und ich zusammengezogen. Am liebsten wäre ich während der Schwangerschaft und der ersten Zeit nach der Entbindung in meiner Wohnung geblieben, doch Marek wollte unbedingt zusammenziehen. Mir macht die Enge, die Endgültigkeit Angst, und Marek wünscht sich ebendas. Ich muss mich bemühen, nicht überzureagieren, nicht wegzulaufen, wie ich es in der Vergangenheit andauernd getan habe.

Meine Wohnung war für mich ein Ort des Rückzugs, sie bot mir Schutz, gewährte mir die Ruhe, die mir innerlich fehlte. Dort hielt ich mich auf, wenn es mir nicht gut ging, wenn ich niemanden sehen mochte. Diese Phasen sind absehbarer geworden, haben aber an Intensität nicht verloren. Nun habe ich Bedenken, dass ich nicht genug Raum für mich habe und von zu viel Gemeinsamkeit erdrückt werde. In meiner alten Wohnung konnte ich einfach sein. Eine gemütliche Dachgeschosswohnung, verwinkelt und klein. Im Wohnzimmer stand ein dunkler Tisch – der jetzt hier steht und mit buntem Kaffeegeschirr eingedeckt ist –, auf dem meine Noten lagen, meine Stimmgabel und ein paar Zeitungen und Bücher. An ihm fand beinahe alles statt. Dieser Tisch kennt mein Seelenleben besser als irgendjemand sonst, ich hänge an ihm. Er ist zwar mit mir umgezogen, aber die Sehnsucht nach den eigenen vier Wänden, kann er mir nicht nehmen.

4.

Marek ist geduldig mit mir, er lässt mir und meinen Zweifeln Platz. Und er kann seine Gefühle äußern, ohne sich selbst übermäßig Wert beizumessen. Er ist ein Mann, mit dem ich mir eine bleibende Beziehung vorstellen kann, bei ihm verbinde ich Beziehung nicht automatisch mit Freiheitsverlust. Ich glaube sogar, dass ich ihn liebe. Doch ich habe Angst vor dem, was kommt. Angst, tatsächlich zu lieben, weil ich es schon zu oft geglaubt habe. Dabei bin ich mir nicht sicher, ob ich überhaupt lieben kann. Das Thema ist ergiebig, und manchmal ertappe ich mich bei der Suche nach einer Lücke, nach einem Grund, der ein Zusammenleben, eine Partnerschaft mit Marek unmöglich macht.

Paradoxerweise wüsste ich gern, wie meine Mutter das sieht, wie sie ihn einschätzt. Ich wüsste gern, was sie von ihm hält. Ich möchte ihre Bestätigung. So habe ich mich entschieden, diesen Geburtstag mit der ganzen Familie zu feiern, und meine Mutter und auch Theo und Bea samt Anhang eingeladen. Obgleich Theo und ich uns seit Ewigkeiten aus dem Weg gehen. Er ist das Lieblingskind meiner Mutter und benimmt sich dementsprechend. Verliebt in sich selbst, gilt neben ihm niemand. Nicht einmal Bea, zu der er ein herzlicheres Verhältnis hat. Theos Ehe kriselt seit Jahren, doch ein Ende, eine Niederlage kann er sich offenbar nicht eingestehen.

Die Verbindung zwischen Bea und mir ist sehr innig, sehr tief, wir telefonieren und treffen uns häufig. Sie und Philipp, ihr Partner, haben einen kleinen Sohn, der ihr ungeheuer ähnlich sieht. Ich bin froh, dass es Bea gibt. Ohne sie würde es mich nicht mehr geben. Sie und Philipp waren die ersten, die Marek kennengelernt haben. Nur von der Schwangerschaft wissen sie noch nichts, das soll für alle eine Überraschung sein.

5.

Bea zählt für mich zu den liebsten und wundervollsten Menschen. Aber das war nicht immer so. Es gab Zeiten, da war ich für Bea nicht existent, oder besser, ich war für keinen aus meiner Familie existent, am wenigsten für meine Mutter und Theo. Bea demütigte mich nicht, sie verhielt sich neutral. Später wandelte sich das, und rückblickend habe ich ihr nicht nur mein Leben zu verdanken. Sie war da, als niemand mehr da war. Trotz des Altersunterschieds war sie mir nah – ich wusste nicht, ob sie mich erfassen konnte, aber sie versuchte es.

6.

Damals hatte ich das Gefühl, alles verloren zu haben. Ich war knapp neunzehn und Bea für mein Empfinden ein Kind, ein wohlbehütetes Kind, das keine Ahnung von der Welt draußen hatte. Ich wohnte in einer WG, war schwanger und ohne Perspektive. Der Vater des Kindes, von dem ich dachte, er sei meine große Liebe, hatte mich krankenhausreif geschlagen, mal wieder, und mir gedroht, mich umzubringen, falls ich Ärger machte. Er wollte das Kind nicht, es genügte ihm, mich durchfüttern zu müssen. In Wahrheit fütterte ich ihn durch, damit er sich ausruhen konnte, bloß kapierte ich das nicht. Und als ich es kapiert hatte, saß ich im Flur auf meinem billigen, pinkfarbenen Koffer und war am Ende.

7.

Mein Vater, dem ich mich möglicherweise mitgeteilt hätte, war lange krank gewesen, deshalb bat ich ihn nicht um Hilfe. Außerdem war unser Verhältnis ziemlich unterkühlt. Ich trug ihm nach, dass er mir, als ich noch im Betreuten Wohnen lebte, verschwiegen hatte, wie schwer krank er war. Das heißt, er hatte mir nicht nur verschwiegen, wie schwer krank er war, er hatte sich gar nicht mehr gemeldet. Daraus folgerte ich, dass er nichts mehr mit mir zu tun haben wollte, ich ihm nicht wichtig sei. Er war der einzige aus der Familie, der sich für mich interessiert hatte, und von da an fühlte ich mich ausgeschlossen, endgültig ausgeschlossen. So riss der Kontakt ab.

Ohne Bea wäre der Kontakt nicht wieder zustande gekommen. Ich wollte aus dem Betreuten Wohnen weg, weil ich mich verliebt hatte – mein Vater hatte schon seit Wochen nicht angerufen –, und plötzlich klingelte Bea an der Tür. »Es tut mir leid. Alles, was war, tut mir leid«, sagte sie und überrumpelte mich. »Ich bin zu jung gewesen, um zu verstehen.« Nun besuche sie unseren Vater in der Reha und wolle mit mir reden.

Ich traute meinen Ohren nicht, ich vertraute ohnehin niemandem. Schließlich war ich bisher von einer Katastrophe in die nächste geschlittert, und jetzt stand meine kleine Schwester vor mir, mit diversen Antworten und Patentlösungen in der Tasche. Ich haderte mit mir, unterstellte ihr Unehrlichkeit, eine böse Absicht, doch zum Glück schickte ich sie nicht weg. Ich bat sie herein, widerwillig, aber ich bat sie herein.

Wir setzten uns in mein Zimmer und redeten, versuchten zu reden. Mich kostete das arg Überwindung – ich konnte ihr nicht auf Augenhöhe begegnen, sie schien meiner Realität zu fern. Sie war für mich die kleine Schwester, die nichts erlebt hatte, die nicht wusste, was es bedeutete, allein zu sein. Doch Bea ließ sich von meiner Arroganz nicht beeindrucken und kam von da an regelmäßig.

Parallel probierte sie, unseren Vater und mich in Kontakt zu bringen. Und obwohl er sich daraufhin meldete, sich erklärte, war es komisch ambivalent. Ich erfuhr von seiner Krankheit, sorgte mich um ihn und war zugleich enttäuscht, dass er mich außen vorgelassen hatte. Ich konnte nicht glauben, dass ihm keine Zeit geblieben war, mich zu informieren, dass sein Nichtmelden nichts mit mir zu tun hatte. Doch eigentlich verbarg sich hinter meiner Enttäuschung Angst – die panische Angst, ihn zu verlieren. Mein Vater war einer derjenigen, zu denen ich überhaupt einen Bezug hatte. Ich hielt es nicht aus, ihn leiden zu sehen, und erst recht nicht, ihn sterben zu ahnen.

8.

So war der Kontakt zwischen ihm und mir wieder hergestellt, nicht aber die Sicherheit, die er mir einst vermittelt hatte. Deshalb verschonte ich ihn mit meinen Angelegenheiten, und er drängte mich nicht. Bloß Bea blieb hartnäckig, und während unser Vater in der Rehaklinik war, pilgerte sie zwischen ihm und mir hin und her. Sie war derart oft im Betreuten Wohnen, dass es mir bald reichte. Ich zog mich innerlich zurück. Ich konnte ihr kaum erzählen, dass ich mich verliebt hatte und nach einer Familie sehnte. Immerhin hatte sie eine Familie. Und ehe sie auf die Idee kam, unseren Vater oder gar unsere Mutter zu involvieren, waren die Ferien vorbei und sie musste nach Hause.

Mein Vater bot mir am Vortag seiner Abreise an, mit ihm zu kommen, doch ich lehnte ab. Er verstaute gerade seine Sachen im Auto, als er mich fragte. Er schien wirklich an eine neue Chance für uns zu glauben. Ich sah ihm seine Niedergeschlagenheit an, aber den Schritt wollte ich auf keinen Fall wagen. »Theo ist inzwischen ausgezogen und Omas Wohnung frei geworden«, argumentierte er. Und dass ich dort oben meinen eigenen Bereich hätte. Doch ich wollte nicht, es war zu viel passiert. Also blieb ich im Betreuten Wohnen und mein Vater fuhr heim.

Ich konnte ihm nicht sagen, wie ich mich fühlte, was ich vorhatte. Seine Gesundheit war wichtiger. Ich wollte nicht verantwortlich sein, wenn er den Krebs nicht besiegte oder etwas nicht klappte – und meine Mutter hätte mich verantwortlich gemacht. Mir genügten schon die Schwierigkeiten, die ich hatte, obwohl ich ihn vermisste.

9.

Meine Betreuer waren informiert, dass ich ausziehen wollte, ich war volljährig und sie konnten mich nicht daran hindern. Ich war für mich verantwortlich, niemand sonst. Sie redeten mit mir, redeten auf mich ein – aber es kam nicht an. Ich wollte unbedingt weg und war von der Richtigkeit meines Vorhabens überzeugt, ich liebte doch meinen Freund. Sie rieten mir abzuwarten, verwiesen auf meine Vergangenheit, meine bisherigen Nöte. Aber ich wollte nicht hören. So ließen sie mich gehen, mussten sie mich gehen lassen. Wobei sie mir zusagten, dass ich mich jederzeit an sie wenden konnte. Sie gaben mir Halt, meinten es gut, doch ich konnte es nicht annehmen – ich wollte alles, ihnen und mir nur keine Schwäche eingestehen oder eines Tages zugeben müssen, es nicht geschafft zu haben. Ich konnte es gar nicht schaffen, und sie wussten das.

Und sie wussten von meiner Sehnsucht nach einer Familie. »Du verwechselst Familie mit Gemeinschaft, mit Dazugehören«, fanden sie. Ich fand nicht, dass ich etwas verwechselte, vielmehr fühlte ich mich von anderen Menschen schnell erdrückt oder bevormundet. Ich scheiterte bereits an der Frage, ob mein Familientraum ein Baby beinhaltete. Ich konnte es nicht beantworten. Zumal ein Baby einerseits hieß, nicht Musikerin werden zu können, und das wollte ich unbedingt. Andererseits machte ein Kind von dem Mann, den ich liebte, meinen Traum perfekt.

Möglicherweise fehlte mir Nähe, echte Nähe, und ich konnte es nicht einordnen. Ich hatte keine Worte für meine Wünsche, ich konnte mich meinen Betreuern gegenüber nicht ausdrücken, ich konnte mich niemandem gegenüber ausdrücken – ich fühlte mich so fremd, so allein und dachte, hoffte, dass mein Freund mich, wie meine Großmutter früher, verstehen würde. Doch der hatte eine ganz andere Auffassung von Liebe und Miteinander.

10.

Trotz der gut gemeinten Ratschläge, oder deswegen, packte ich meine Klamotten und ging. Ich verschwand, ohne mich zu verabschieden, kein »Danke«, kein »Bis bald«, nichts. Obwohl ich bloß wenige Kilometer fort war, brach die Verbindung ab. Ich meldete mich nie wieder im Betreuten Wohnen, wollte mich stattdessen beweisen, es allein hinkriegen und bloß nicht scheitern. Schließlich kannte ich die Karrieren einiger Mitbewohner, die an sich selbst scheiterten, und die Äußerungen der Betreuer dazu.

Von meinem Freund glaubte ich, dass er mich liebte, dass alles schöner und besser werden würde, mit ihm verknüpfte ich Glück und Erfüllung. Mit ihm, glaubte ich, würde die entscheidende Wende eingeleitet. Jene wurde tatsächlich eingeleitet, nur nicht in meinem Sinne. Ich suchte Liebe und bekam das Gegenteil. Ich ging in die WG meines Freundes, was in einem Desaster endete.

Die ersten Tage verliefen durchaus harmonisch. Ich richtete mich im kleinsten und damit günstigsten Zimmer der WG ein. Es war das einzige Zimmer, das ich mir leisten konnte und es lag gleich neben dem meines Freundes. Eigentlich wollten wir, sobald wir uns aufeinander eingespielt hatten, unseren Vermieter um die Erlaubnis bitten, die Wand einzureißen – wir wollten unsere eigene Welt innerhalb der WG. Doch daraus wurde nichts.

11.

Ich hatte seit ein paar Monaten, parallel zur Schule, an einigen Nachmittagen in der Woche einen Job in einem Musikladen, der mir beinahe zum Verhängnis wurde und welchen überhaupt anzunehmen meine Betreuer größte Überredungskunst gekostet hatte. Sie wollten mich so auf das Berufsleben vorbereiten, auf ein Leben als Verkäuferin, und ich wollte ebendas nicht. Mir fiel die Schule schon schwer, die ich knapp volljährig und nach unzähligen Unterbrechungen wieder aufgenommen hatte. Und ich hatte sie nur wieder aufgenommen, um nicht als Straßenmusikerin zu enden. »Du vergeudest deine Zeit, deine Zukunft, wenn du die Möglichkeiten, die sich dir bieten, nicht nutzt«, sagten meine Betreuer. Aber ich wollte Musik machen, und nicht Musik sortieren oder verkaufen.

Ich kam von der Straße, sie war fast mein Zuhause – dort machte ich Musik, um zu überleben. Zuerst, weil ich Spaß daran hatte, und weil die anderen es machten, bis der Spaß zur Notwendigkeit wurde. Trotzdem brauchte ich die Musik, ein Leben ohne war für mich nicht denkbar.

12.

Es war mein Vater, der mich damals von der Straße holte und im Betreuten Wohnen unterbrachte. Er hatte sich von meiner Mutter getrennt und war vorübergehend ausgezogen, in eine kleine Wohnung, in die Nähe einer anderen Frau. Sie war die Mutter eines Kumpels, mit dem ich um die Häuser zog, und die er kannte. Bei ihr konnten wir duschen und schlafen, wenn wir keine Bleibe hatten, sie stellte keine Fragen.

Ich war ziemlich runtergekommen, trank viel zu viel, rauchte, kiffte und warf ein, was ich kriegen konnte. Ich war 16 und mir war alles egal. Mir war egal, ob ich lebte oder nicht, ob ich morgens aufwachte oder nicht. Mitunter schluckte ich absichtlich zu viel oder soff bis zur Besinnungslosigkeit – ich wollte mein Leben nicht. Und wenigstens für einige Momente konnte ich entfliehen. Vielleicht hoffte ich auch, dass diese Momente anhielten. Ich traute mich nicht, mich umzubringen, und doch war ich oft kurz davor. Abends lag ich unter freiem Himmel, beobachtete die Sterne und überlegte, wie es wäre, nicht wieder aufzuwachen, oder wie sich das »Danach« anfühlen würde. Der Tod war für mich eins mit Freiheit, frei sein und irgendwie mit leben. Ich dachte an meine Großmutter, fragte mich, ob sie mich sehen konnte oder auf mich wartete, mich gar erwartete. Und je größer mein Drogenkonsum wurde, desto schräger wurden meine Gedanken, desto näher rückte die Freiheit, die Unendlichkeit.

In diesem Zustand traf mein Vater auf mich. Wir waren seit Tagen unterwegs und wollten uns ausruhen. Ich fühlte mich so müde an diesem Morgen, so antriebslos und war gleichzeitig völlig überdreht. Wie fremdgesteuert faselte ich vor mich hin. Meinem Vater gelang es nicht, mich zu erreichen, ich konnte nicht reagieren und mir klappten dauernd die Augen zu. Ich nahm ihn nicht richtig wahr, alles lief an mir vorbei.

Mein Vater und die Mutter meines Kumpels sahen sich an und handelten postwendend. Sie zerrten mich unter die Dusche, steckten mich in saubere Sachen und brachten mich ins Krankenhaus. Dort wurde ich untersucht, ich kann mich kaum daran erinnern, und in die Jugendpsychiatrie verlegt. Mein Vater war da, nicht jeden Tag, aber er war da, und ich hatte mit einem Mal nicht mehr das Gefühl, allein zu sein.

13.

Die Wochen in der Psychiatrie dehnten sich wie Kleber, es waren hilfreiche Wochen, doch sie schienen nicht zu vergehen. Ich vermisste mein altes Leben, plötzlich konnte ich nicht mehr machen, was ich wollte, ich musste mich fügen, was verdammt hart war. Es gab Therapiepläne, die ich einzuhalten hatte, Mahlzeiten, an denen ich teilnehmen musste, und eine Hausordnung, die für jeden galt. Außerdem gab es Menschen, die sich um mich bemühten – die ich wegstieß, weil sie mich überforderten.

Mein schönstes und intensivstes Erlebnis dort war das Kennenlernen meiner ersten besten Freundin. Wir mussten uns ein Zimmer teilen und konnten uns nicht leiden. Madeleine hatte schon ein paar Aufenthalte hinter sich und eine Art Anführerposition inne, die man ihr meist auch gewährte. Ihre Eltern riefen sie täglich an, um sich zu erkundigen, ob sie gut versorgt war, bloß in die Klinik kamen sie nicht. Dafür schickten sie ihr hübsche neue Blüschen und erfüllten ihre Wünsche.

Madeleine ritzte sich, und immer, wenn sie Stress mit ihren Eltern hatte, noch ein bisschen mehr. Durch sie lernte ich, wie es funktioniert, sich zumindest für den Augenblick Erleichterung zu verschaffen. Sie brachte mir bei, wie die Waage, ohne gegessen zu haben, ein höheres Gewicht anzeigte, und wie man Mitpatienten und Therapeuten manipulierte. Madeleine verkürzte mir die Wochen ungemein, sie hielt mich davon ab, zu viel über mich selbst nachzudenken.

Nach meiner Entlassung besuchte ich sie oft, dann telefonierten wir, und eines Tages verlor sich der Kontakt. Jahre später erfuhr ich, dass sie sich das Leben genommen hatte. Jene Nachricht berührte mich, doch sie warf mich nicht aus der Bahn – ich ahnte wohl, dass sie ihre Rolle nicht aufgeben und einmal diesen Weg wählen würde.

14.

Der Klinikaufenthalt ließ meinen Vater und mich zusammenwachen. Er war bei etlichen Sitzungen anwesend und es gab diverse Aussprachen. Es wurde nicht nur mein Verhalten thematisiert, sondern auch seins. Wut und Tränen, Umarmungen, Verzeihen und eine Menge mehr waren das Ergebnis. Mein Vater stellte sich seiner Verantwortung, er wälzte nichts auf mich ab, oder fühlte sich unschuldig an meiner Situation, davor hatte ich höchsten Respekt. Meine Mutter dagegen hielt sich heraus. Sie erkundigte sich nicht nach mir. Ich wünschte mir zwar, dass sie es tat, aber sie tat es nicht, und ich konnte ihre Liebe nicht einfordern. Sie fehlte mir. Sie fehlte mir so sehr, dass ich mich manchmal weigerte, über sie zu sprechen oder an sie zu denken.

Im Anschluss an die Klinik wurde mir geraten, ins Betreute Wohnen zu wechseln, übergangslos. Die Alternative wäre gewesen, bei meinem Vater einzuziehen, bis dieser wieder nach Hause ging, um dann erneut abzuwägen. Doch ich wollte weder zu meinem Vater – die Mutter meines Kumpels wäre davon kaum erbaut gewesen – noch wollte ich hinterher nach Hause zurück, auf meine Mutter und meine Geschwister hatte ich keine Lust. Also entschied ich mich gleich für das Betreute Wohnen.

15.

Das Betreute Wohnen bedeutete einen enormen Einschnitt für mich. Hier gab es keine Sonderbehandlung und keine Bevorzugung. Alle, die hier landeten, hatten ihre Geschichten, und alle mussten sich mit ihren jeweiligen Geschichten in die Gruppe fügen – wir mussten uns zwangsläufig miteinander arrangieren. Niemand wurde aufgrund seiner Vergangenheit verurteilt und doch warf sie jeden von uns regelmäßig aus dem Gleichgewicht, was letztlich die Gruppendynamik beeinflusste. Mitunter störten Kleinigkeiten, die wir selbst nicht als solche wahrnahmen, oder Unachtsamkeiten die Dynamik, und es kam zu Streit und Türenknallen. Zumal kaum einer von uns gewöhnt war, Konflikte gewaltfrei zu lösen.

Die aktuellen Probleme und die einzelnen Verfehlungen wurden innerhalb der Gruppe diskutiert, kein leichtes Unterfangen, immerhin waren die meisten vorher auf sich allein gestellt. Einige trugen eine Verantwortung, die sie gar nicht tragen konnten, und andere hatten, ohne Hilfe von Außen, keine Chance. Gemein hatten wir, dass uns Regeln fremd geworden waren, wir hatten unsere eigenen. Und die brauchten wir, um zu überleben, jedenfalls bisher.

Äußerst positiv war das Einzelzimmer, der Raum für mich. Die Mahlzeiten und das Miteinander strengten mich an – ich hatte verlernt, mich auf Menschen einzulassen, mich auf Menschen zu verlassen. Die Wochen in der Klinik waren ein guter Anfang, doch mit dem Alltag in der Wohngruppe nicht zu vergleichen. Hier prallten die verschiedenen Defizite ungefiltert aufeinander und es war an uns, diese zu erkennen und uns zu entwickeln.

16.

Ich musste mir meine Schwächen und Fehler eingestehen, mich mit mir auseinandersetzen, das passte mir natürlich nicht. Mein Verhalten mir selbst und anderen Menschen gegenüber war nicht in Ordnung, was mir ständig gespiegelt wurde. Manchmal sehnte ich mich in die Klinik zurück, dort war vieles einfacher, wurde einfacher gemacht. Im Betreuten Wohnen hatte ich Pflichten zu erfüllen und mein Vater schaltete sich nicht ein, um die Angelegenheiten zu regeln. Ich trug die Verantwortung für mich und meine Versäumnisse, obgleich stets Betreuer zugegen waren.

Die therapeutischen Maßnahmen begleiteten mich während der gesamten Zeit des Betreuten Wohnens. Bei Bedarf wohnte mein Vater den Sitzungen bei, allerdings wurden die Intervalle zunehmend größer. Und nachdem er nach Hause zurückgekehrt war, verlor sich sein Eifer, seine Unterstützung. Vielleicht sah ich das auch nur so, vielleicht hatte er mit sich und meiner Mutter genug zu tun. Die Mutter meines Kumpels erwähnte er nicht wieder, und ob meine Mutter über sie oder mich Bescheid wusste, blieb offen. Trotzdem war es schwer, ihn gehen zu lassen und bloß gelegentlich zu sehen. Ich fühlte mich allein, allein, wie lange nicht mehr.

17.

Das Gefühl des Alleinseins verstärkte sich noch, als er sich plötzlich gar nicht mehr meldete. Ich wagte nicht, zu Hause anzurufen, und in seinem Büro war er nicht. In dieser Zeit begann ich mich zu ritzen, es nahm mir den Druck. Zuerst bemerkte das niemand, bis ich vor Wut immer tiefer ritzte. Meine Betreuer und Therapeuten standen dem hilflos gegenüber, sie konnten nichts tun, außer mit mir zu reden und mich zu verbinden. Sie versuchten ebenfalls, meinen Vater zu erreichen, hinterließen Nachrichten und baten um Rückruf, doch er rief nicht zurück.

Ich glaubte, dass es zu Hause wegen mir Ärger gegeben und meine Mutter ihn vor die Entscheidung gestellt hatte – sie oder ich. Auf die Idee, dass sein Nichtmelden nichts mit mir zu tun hatte, kam ich nicht.

18.

In der Vergangenheit gab es so oft Krach wegen mir, dass ich mich schon durch meine Anwesenheit schuldig fühlte. Meine Mutter zeigte mir ihre Ablehnung deutlich. Ich war mir nicht sicher, was sie für mich empfand, und da es keine Liebe war oder eine recht eigenartige Form von Liebe, blieb nur Hass übrig. Doch bisweilen glaubte ich, dass selbst Hass ihr zu aufreibend war und sie mich schlicht missachtete, oder verachtete oder beides. Zumindest ignorierte sie mich, behandelte mich wie Luft, als ob ich nicht vorhanden war. Meine Geschwister behandelte sie anders, und diese wiederum, insbesondere Theo, vermittelten mir, dass ich bei ihnen keinen Platz hatte.

19.

Meine Mutter und Theo waren der Grund, weshalb ich von zu Hause fortgelaufen war, weshalb ich mich Stefan, meinem Kumpel von der Straße, angeschlossen hatte. Die Situation daheim erdrückte mich. Da waren meine Mutter, die pausenlos an mir herumnörgelte, Theo, mein selbstverliebter Bruder, Bea, mit der ich nichts anfangen konnte und mein Vater, der sich fast ausschließlich in seinem Büro aufhielt.

Mein Zimmer lag direkt neben dem Arbeitszimmer meiner Mutter, die ihre paar Übersetzungen als elementar, als unverzichtbar erachtete und mich zur absoluten Ruhe verdonnerte. Das Gitarrespielen verbot sie mir, und mit meinen Freunden, die ihrer Meinung nach alle Flöhe hatten, sollte ich gefälligst draußen bleiben. Blieb ich auch und meist gleich mehrere Tage. Die Schule war mir egal geworden, manchmal ging ich hin, manchmal nicht. Es machte mir Spaß, meine Lehrer zu provozieren, und es machte mir Spaß, meiner Mutter zu zeigen, dass sie mich nicht kontrollieren konnte, dass ich nicht nach ihrer Pfeife tanzte, nach ihren Prinzipien funktionierte. Dabei bettelte ich darum, dass sie sich wenigstens ein bisschen für mich interessierte, mir Aufmerksamkeit schenkte. Umsonst.

Bei meinen Freunden konnte ich sein, wie ich war, ich musste mich nicht verstellen. Viele waren älter als ich, bei ihnen suchte ich, was ich zu Hause nicht hatte, oder etwas, das mir fehlte – und bekam es überhaupt nicht. Wir »produzierten« Musik, die weder schön noch sinnig war, betranken uns, färbten uns die Haare, und stachen uns haufenweise Ohrlöcher und Tattoos. Und je zerrissener, je schmutziger unsere Kleidung war, desto schicker fanden wir uns.

Sobald wir betrunken genug waren, pöbelten wir vorbeischlendernde Passanten an und fühlten uns supertoll. Wir wollten um jeden Preis auffallen – und wir fielen auf. Kaum jemand traute sich, etwas zu sagen, der größte Teil eilte kopfschüttelnd weiter. Wir waren stolz auf unsere Parolen, die völlig blödsinnig waren. Ich dachte nicht nach, ich machte mit. Ich wollte von meinen Freunden anerkannt werden, bei ihnen gelten, und dafür hätte ich alles getan.

20.

Doch ab und an zog es mich nach Hause, in die Räume meiner Großmutter. Wenn ich allein sein wollte, verkroch ich mich in Omas Stube. Ich hoffte, niemandem zu begegnen, um unnütze

Diskussionen oder Zurechtweisungen zu vermeiden. Jene wären nicht unberechtigt gewesen, aber unnütz. Ich lehnte mich auf, weil meine Familie mich nicht beachtete, mich ausklammerte. Daneben machte die Schule Stress und drohte mit Verweis, was meine Familie bestätigte, mich aber kaum berührte.

In Omas Räumen konnte ich mich sammeln. Oma war der wichtigste Mensch in meinem Leben und durch ihre Möbel, fühlte ich mich ihr nah, obwohl sie seit Jahren tot war. Ich schwelgte in Erinnerungen, spielte dort oben Gitarre und konnte meine Gedanken laufen lassen – ich konnte traurig sein, niemand störte mich dabei. Gelegentlich traf ich auf Bea, wenn ich kam oder ging, doch sie sagte nichts, sie verriet mich nicht. Der Rest schien mich nicht einmal zu vermissen.

Bis ich eines Tages heimkam und Theo in Omas leerem Schlafzimmer überraschte. Sämtliche Möbel waren weg, die Zimmerdecken hatten einen eigenartigen Grünton angenommen und Theo machte sich gerade daran, die letzten Tapetenreste von den Wänden zu kratzen. Ich fragte ihn, was das solle, und er gab auf seine schnippische Art zurück, dass mich das nichts angehe, und ob ich nicht langsam verschwinden wolle. »Das sind jetzt meine Zimmer«, sagte er. »Außerdem musst du doch merken, dass du hier nicht erwünscht bist.« Und so wie ich aussehe, hätte ich nicht nur Flöhe.

Das genügte. Ich rannte nach unten, schmiss alles, was ich brauchte in meinen pinken Koffer und quetschte meine Gitarre in ihre Hülle. Meine Mutter, die seelenruhig am Küchentisch saß, lächelte Bea an, was mich noch wütender machte. Ich brüllte irgendetwas in den Raum, pfefferte die Haustür zu und haute ab.

21.

Die Wut löste sich bald auf und ich weinte. Ich wusste überhaupt nicht wohin. Das Straßenleben war prima, das freiwillige, doch plötzlich war alles anders. Gleichzeitig war ich froh, dass die

Qual ein Ende und Theo ausgesprochen hatte, was die gesamte Familie dachte. Ich hatte das Richtige getan, da war ich sicher, obwohl mir, von meiner Gitarre, ein paar Jeans und T-Shirts abgesehen, nichts geblieben war.

So lief ich, nachdem ich mich beruhigt hatte, zu meinen von Flöhen befallenen Freunden auf die Straße. Sie wunderten sich nicht, dass ich nun ganz bei ihnen bleiben wollte. Bloß Stefan, der mir am nächsten war, betrachtete das mit Argwohn. Seine Situation zu Hause spitzte sich ebenfalls zu – er war kaum noch dort. Sein Vater war brutal und seine Mutter vor Kurzem ausgezogen. Sie konnte ihren Mann nicht mehr ertragen, hatte Stefan aber angeboten, mitzukommen. Doch Stefan hatte sich geweigert, bis zu diesem Augenblick, bis ich mit meiner Gitarre und dem pinken Koffer vor ihm stand.

Er überlegte nicht lange – sagte: »Hier ist es auf Dauer zu gefährlich« –, holte seine Klamotten von seinem Vater und wir wanderten los. Wir hatten beide kein Geld, keinen Schulabschluss, keine Ausbildung und wir waren nicht bereit, einen normalen Alltag zu leben. Also setzten wir uns in den Zug und fuhren zu seiner Mutter. Wir wollten nicht bei ihr bleiben oder bei ihr wohnen, wir brauchten eine Anlaufstelle.

22.

Stefans Mutter war nett, sie fragte nicht oder bohrte unangenehm nach. Vielleicht ahnte sie, dass sie die Situation nur schlimmer machen würde, wenn sie das tat. Wir wollten unsere Freiheit, und hätte sie versucht, uns zu belehren, wären wir gegangen. Sie gab uns die Möglichkeit, selbst zu entscheiden, ob wir bleiben wollten oder nicht. Und wir entschieden uns, gelegentlich bei ihr einzukehren.

Stefan hatte, seit er Kind war, unter seinem dauerbetrunkenen Vater gelitten und seiner Mutter nicht recht verziehen, dass sie sich erst jetzt von ihm getrennt hatte. »Das ist eine Abhängigkeit, die ich nicht verstehe«, sagte er oft. Stefan war in Theos Alter und nahm seit seinem vierzehnten Lebensjahr Drogen. Sein Vater kümmerte sich nicht, zumindest nicht im privaten Bereich, beruflich schien er einigermaßen zu funktionieren. Seine Mutter war Rechtsanwältin und deckte das Ganze.

Sie erzählte mir eines Abends, dass sie meinen Vater aus Studienzeiten kannte und er sie manchmal besuchte. Ich dachte mir nichts dabei. Doch mein Vater hatte in ihrem Leben noch einen anderen Stellenwert und sie in seinem. Aber das war nicht meine Sache. Mich machte bloß stutzig, dass er mich nicht suchte oder probierte, mich zurückzuholen. Nichts geschah, über Wochen nichts.

23.

Trotzdem ging es mir nicht gut auf der Straße. Ich hatte das Gefühl, am falschen Ort zu sein, etwas zu verpassen. Mich trieb eine furchtbare Unruhe an, ich war irgendwie rastlos. Mir jagten permanent dieselben Gedanken durch den Kopf, die keinen Anfang und kein Ende hatten, die keinen Sinn ergaben. Sobald ich genug getrunken hatte, wurde es besser und in mir entspannte es sich, meine Gedanken kamen zur Ruhe, ich kam zur Ruhe.

Ich haderte mit meiner Existenz. Ich ertrug es nicht, keine Zukunft und kein Leben zu haben. Vom eigentlichen Leben fühlte ich mich weit entfernt. Und bald trank ich so viel, dass es mir egal wurde, dass mir alles egal wurde. In diesen Momenten glaubte ich, der Tod klopft an, hoffte es, weil ich das Leben, so wie es war, nicht aushielt. Ich konnte mein Leben nicht als Leben bezeichnen, Leben fand woanders statt. Manchmal schaukelte sich das derart hoch, dass ich dasaß und weinte. Weinte und weinte.

Doch meist zogen Stefan und ich umher, machten Musik, kifften und schluckten verschiedene Lustigmacher. Oder wir schossen uns ab, und warteten, dass der Tag verstrich. Komischerweise hatten wir fast immer Geld für Drogen, gelegentlich klauten wir, und wir schnorrten die Leute an. Wir fantasierten die übelsten Geschichten zusammen, um an Geld oder Essen zu kommen. Und wenn wir die Nase voll hatten, besuchten wir Stefans Mutter. Oft fragte ich mich, warum sie das tat, warum sie mich duldete, wo selbst meine Mutter mich nicht wollte. Sie tat es wegen Stefan, sagte ich mir. Sie tat es wegen mir, doch dieser Gedanke war zu fremd.

24.

Der Tag, an dem mein Vater auf mich stieß, war anders als die anderen. Ich stand völlig neben mir. Schon die Nacht war seltsam, mir kam es vor, als schwebte ich um Stefan herum. Stefan war total bekifft und lachte pausenlos, während wir unbeschadet die Stadtteile durchqueren wollten. Wir waren nicht die einzigen unterwegs, ich war nicht volljährig, und die Gefahr, aufgegriffen zu werden, groß. Aber mir war das nicht bewusst. Mir war gar nichts bewusst. Ich hing an Stefan wie eine Klette und war, für mein Empfinden, schlicht breit – und ein bisschen darüber hinaus. Nur definieren konnte ich das nicht. Als Stefan wieder einigermaßen klar war, wollten wir duschen und uns ausruhen, in der Hoffnung, dass mich das runterbrachte.

Stefan steckte den Schlüssel in das Schloss und ich setzte mich auf die Treppe. Ich saß da und die ohnehin verschwommene Welt entfernte sich zunehmend. Ich erzählte wirres Zeug und meinte, das sei witzig. Denken konnte ich nicht, in meinem Kopf herrschte ein heilloses Durcheinander. Ein Durcheinander, das mich die Umgebung absolut bizarr wahrnehmen ließ. Plötzlich war mein Vater da, den ich nicht als real erfasste. Ich vermutete, er sei ein höheres Wesen, das die Aufgabe hatte, mich zu retten, oder umgekehrt, das musste ich beiläufig ergründen.

Das höhere Wesen redete mit mir, doch ich kapierte nichts. Bis es mich schnappte und mithilfe eines zweiten Wesens unter die Dusche schleifte. Ich glaubte, der Himmel regnete, und freute mich. Die beiden Wesen wurden lauter, und je lauter sie wurden, desto weniger kapierte ich, desto mehr verhüllte ich mich in mir. Ich kriegte noch mit, dass sie mir etwas Warmes überstülpten, der Rest blieb dunkel und verschleiert. Meine nächste Erinnerung war das Krankenhaus, in das ich mit meinen beiden Begleitern schwebte. Die anschließenden Erinnerungen waren genauso verworren und lückenhaft. Ich hatte zu viel gekifft und das war das Ergebnis: Drogenpsychose.

Kurz- oder mittelfristig wurde ich an das Bett fixiert, und je klarer ich wurde, desto schlechter fühlte ich mich. In mir stieg eine Angst auf, die nicht wieder verschwinden wollte, die phasenweise anschwoll und unerträglich wurde, die sich durch Medikamente in Zaum halten, aber nicht beseitigen ließ. Eine nicht einordenbare, tief sitzende Angst. Diese Angst beschäftigt mich bis heute, ich wurde sie nicht mehr los. Als sie mich dann in die Jugendpsychiatrie verlegten, lenkte mich die Angst von meinen eigentlichen Problemen ab – ich hatte ständig das Bedürfnis, mich mit Alkohol oder einem Joint zu belohnen. Ich konnte, wollte vielleicht nicht verstehen, was passiert war. Ich war zu jung.

Der Kontakt zu Stefan verlor sich indes, ich sah ihn nicht wieder, trotzdem ich oft an ihn denken musste. Er fehlte mir, wie mir die Drogen fehlten. Er war wie vom Erdboden verschluckt. Selbst später konnte ich ihn nicht ausfindig machen.

25.

In der Jugendpsychiatrie konnte ich abschalten, die Angst reduzierte sich, was auch an Madeleine lag, mit der ich das Zimmer teilen musste, in erster Linie wohl aber an der Musiktherapie. Mein Vater hatte dafür gesorgt, dass ich in diese Klinik verlegt wurde. So wie er mir als Kind eine Gitarre geschenkt und mich zur Musik gebracht hatte, so konnte ich an diesem Ort mein Talent entdecken und mich ausprobieren. Ich lernte mehrere Instrumente, vor allem jedoch meine Stimme kennen.

Ich war begabt, das hatte mein Gitarrenlehrer früher schon gesagt, aber meine Mutter hatte das belächelt. Und ohne meinen Vater wäre der Traum von einer Karriere als Musikerin ein Traum geblieben. Er verhalf mir auf diese Weise zu einer Zukunft.

26.

Während der Klinikphase kriegte die Musik eine neue Bedeutung, ein neues Gewicht, sodass ich mich im Anschluss zum privaten Gesangsunterricht anmelden durfte. Ebender Unterricht war es, der mir die Kraft gab, nicht zurückzufallen, und meine Musiklehrerin. Sie trug wesentlich zu meiner Entwicklung bei. Sie ermunterte mich, wirkte streng und geduldig auf mich ein, und sie hatte ihren Anteil daran, dass ich das Betreute Wohnen akzeptierte, mich dort eingewöhnte und nicht vor mir selbst davonlief. Sie wurde für mich, neben meinem Vater und Bea, zu einem sehr vertrauten Menschen, den ich lange Zeit um Rat fragen konnte. Als sie eines Tages verstarb, weil sie alt war, brach es mir fast das Herz.

27.

Das Betreute Wohnen war für mich nicht nur wegen der Regeln, an die ich mich fortan zu halten hatte, schwierig, parallel nahm ich die Schule wieder auf – mit einem Lerndefizit von mehreren Jahren. Meine Betreuer störte das kaum, und als ich 18 wurde, besorgten sie mir zusätzlich einen Job in einem Musikladen, als Warm-up für eine solide Ausbildung. Mit meinen Vorstellungen, Musikerin zu werden, konnten sie umgehen, sagten aber: »Ein bisschen Privatunterricht und die Hoffnung, es wird schon irgendwie werden, genügen nicht.« Mein Vater entsprach dem, obgleich er ein klassisches Musikstudium favorisierte. Doch das schien mir utopisch. Am ehesten konnte ich mich mit dem Vorschlag meiner Musiklehrerin anfreunden, mich auf die Schule zu konzentrieren, an meiner Stimme zu arbeiten und später zu überlegen, was möglich war und was zu mir passte.

So arrangierte ich mich mit der Wohngruppe, den Betreuern, der ambulanten Therapie, mit der Schule und dem Musikladen. Ich lernte dort tatsächlich einiges und verdiente ein gutes Taschengeld. In der Schule holte ich den versäumten Stoff auf, und meine knappe Freizeit genoss ich mit und bei meiner Musiklehrerin.

28.

Dann kreuzte Paul auf. Ich wollte im Laden einen Notenstapel sortieren, als er mich etwas fragte. Ich war fasziniert von ihm, von seinem markanten Äußeren und seiner Stimme. Paul war keineswegs irritiert. Es war Liebe auf den ersten Blick. Er setzte sich in einen Sessel, hörte Musik und wartete, bis ich Feierabend hatte. Als es soweit war, lud er mich zu einer Pizza ein, und meine Gefühle überrannten mich. Plötzlich rückte alles andere in den Hintergrund, verlor an Wichtigkeit.

Paul war ein paar Jahre älter als ich und lebte in einer WG. »Ich habe einen festen Job«, sagte er, und tat sehr geheimnisvoll. Aber ich sah keinen Grund, misstrauisch zu sein. Zumal er Geld hatte, gut gekleidet war und ein schickes Auto fuhr. Bald trafen wir uns regelmäßig, meist bei ihm, in seiner WG. Ich wollte nicht, dass er zu mir kam, noch nicht. Zwar erzählte ich ihm vom Betreuten Wohnen, dass mein Vater sich von meiner Mutter getrennt hatte und eine halbe Autostunde von mir entfernt lebte, doch mehr nicht. Er gab ja auch nichts von sich preis.

Paul wurde häufig in der Therapie und in der Gruppe thematisiert – ich war verliebt und konnte das nicht verbergen. Als ich ihn schließlich mitbrachte, hieß es: »Sei vorsichtig.« Aber ich wollte nichts Negatives sehen, konnte nichts Negatives sehen. Ich fühlte mich wohl mit Paul.

29.

Beinahe zeitgleich zum Kennenlernen von Paul meldete sich mein Vater nicht mehr. Er kam nicht und er rief nicht an, selbst auf meine Anrufe im Büro reagierte er nicht. Seine Sekretärin wollte ihm Bescheid geben, sodass ich glaubte, sie hätte es vergessen, doch nach dem fünften Anruf war das unwahrscheinlich. Irgendwann gab ich auf – er wollte offenbar nicht. Ich war nicht wütend, ich war traurig, unbeschreiblich traurig, und stürzte mich umso intensiver in die Beziehung mit Paul.

Mein Verhalten führte zu etlichen Diskussionen in der Gruppe. Ich nahm die Regeln kaum noch ernst und war nicht bereit, mich zu fügen. Paul wiegelte mich auf, stachelte mich an, bloß begriff ich das nicht. »Die haben dir überhaupt nichts zu sagen«, sagte er, »du bist volljährig und nicht bekloppt.« Paul setzte mich unter Druck, und erpresste mich eines Tages – er oder das Betreute Wohnen. Und weil mein Vater sich nicht kümmerte, ich ihn nicht kümmerte, entschied ich mich für Paul, aus Protest.

Und gerade als ich mich entschieden hatte, rief mein Vater an. Doch es war zu spät, ich ließ mich verleugnen. In Pauls WG sollte demnächst ein Zimmer frei werden, darauf wartete ich. Ich wollte nicht, dass mir das jemand kaputtmachte, weder meine Betreuer noch mein Vater. Mein Vater hatte sich so lange nicht interessiert, dass es ihm jetzt auch egal sein konnte, fand ich. Und plötzlich tauchte Bea auf.

30.

Während Bea zwischen unserem Vater in der Klinik und mir hin und her pendelte, und sich der Kontakt vonseiten meines Vaters wieder anbahnte, begegnete Paul mir mit diversen Wutausbrüchen. Einmal schlug er mich sogar, weil ich, statt etwas mit ihm zu unternehmen, meinen Vater besuchte. Als ich aus dem Zug stieg, wartete er schon auf mich. »Ich möchte einen netten Abend«, sagte er und schubste mich. Ich kicherte, den Ernst der

Lage erkannte ich nicht. Paul wurde ärgerlich und schlug mir mit voller Wucht ins Gesicht. Ich konnte nichts sagen, mir liefen die Tränen herunter, ohne dass ich es wollte oder steuern konnte. Postwendend legte Paul seine Arme um mich und streichelte mich. »Es tut mir leid, das kommt nie wieder vor. Ich habe nur total Stress«, versicherte er glaubhaft. Meine Liebe war groß, und ich verzieh ihm. Die folgenden Wochen waren ruhig, sodass ich den Vorfall vergaß. Die verbalen Attacken empfand ich nicht als schlimm, eher als normal.

Bea und meinem Vater erzählte ich nichts von Paul, und da das Zimmer in seiner WG noch nicht frei war, harrte ich im Betreuten Wohnen aus. Allerdings sparte ich inzwischen das Geld, das ich verdiente, für Drogen und Alkohol brauchte ich es ja nicht mehr.

Bei meiner Musiklehrerin war ich öfter, sie tat mir gut und bestätigte mich in meiner Musik – ich bemerkte selbst, dass meine Stimme sich entwickelte. Und meine Leidenschaft für klassische Instrumente wuchs, was ich auch meinem Job verdankte. Paul war stinksauer. »Es ist meine Zeit, die du mit Singen und Gedudel verschwendest«, sagte er. Wobei er den Job befürwortete und mich drängte, die Stunden zu erhöhen. Das jedoch kam für mich nicht infrage, nicht, solange ich zur Schule ging und im Betreuten Wohnen lebte. »Dann brich die Schule ab«, war sein Kommentar. Aber darauf ließ ich mich nicht ein.

31.

Als Pauls Mitbewohnerin auszog, räumte ich meine Klamotten vom Betreuten Wohnen in die WG, dazwischen lagen keine zwei Tage. Renovieren wollten wir später, wir wollten erstmal nur zusammen sein. Trotzdem es wegen der Schule und der Musik permanent Reibereien gab, war die Anfangszeit wunderschön. Wir redeten viel, kuschelten und ich wünschte mir eine Familie, ein ständiges Zusammensein mit Paul. Meine Therapie beendete ich, ich fühlte mich gut. Außerdem bestand Paul auf diesen Schritt, er ertrug den Gedanken nicht, dass ich dort über ihn redete. Meinem Vater und Bea richtete ich aus, dass ich in eine WG gezogen, und alles in Ordnung sei – und die Sekretärin wollte das weiterreichen.

Bald aber veränderte Paul sich, oder ich registrierte langsam, dass ich ihn nicht kannte. Paul begann mich zu tyrannisieren, und er forderte Geld, um die Kosten zu decken, die sich wegen mir angesammelt hatten. Angeblich hatte der Vermieter eine Kaution von drei Monatsmieten verlangt, die er vorgestreckt hatte. Von einer Kaution war nie die Rede, doch ich gab Paul das Geld – aus Angst, ihn zu verlieren.

Was er tat, während ich in der Schule oder im Laden war, wusste ich nicht. Manchmal kam er abends betrunken heim und pöbelte mich an. Wenn ich es wagte nachzufragen, wurde er aggressiv und brüllte herum. »Es ist an dir, neben der Miete für das Haushaltsgeld zu sorgen. Falls du das nicht kannst oder willst, musst du wieder abschwirren«, sagte er. Es gebe eine Menge Frauen, die ihn begehrten und ihre eigenen Bedürfnisse nicht über seine stellten. »Wenn du nicht so egoistisch wärst, würdest du endlich mehr arbeiten.« Davon abgesehen brauche niemand in meinem Alter noch eine Schule, und Musik brauche ohnehin niemand.

Eines Abends, ich war müde und wollte keine Diskussion, rastete Paul aus. Er suchte nach Geld in meinem Zimmer, doch er fand keins, ich war an jenem Tag nicht ausgezahlt worden, es war zu spät geworden, woraufhin er mich aus dem Bett zerrte und verprügelte. Ich war zu perplex, um mich zu wehren. Er schlug und trat auf mich ein, bis er mich wütend gegen ein Regal schleuderte, das zu Boden kippte und eine Mitbewohnerin weckte. Sie stemmte entsetzt die Tür auf und schrie Paul an, Paul allerdings badete in Unschuld. Er behauptete, dass er mich im Spaß ein bisschen gestoßen und ich das Gleichgewicht verloren hätte. »Aber nur, weil sie nicht bereit ist, die üblichen Zahlungen zu leisten.«

Meine Mitbewohnerin versorgte mich notdürftig und fuhr mich ins Krankenhaus. Dort blieb ich ein paar Tage. Man empfahl mir, Hilfe zu suchen und vorerst bei einer Freundin unterzukommen. Doch ich wollte das nicht. Ich wollte meine neue Welt nicht aufgeben und kehrte in die WG zurück.

32.

Paul nahm mich mit offenen Armen auf, wir liebten uns, als wenn nichts geschehen wäre. Der Schule blieb ich nach diesem Zwischenfall fern und den Musikunterricht schränkte ich ein. Außerdem steuerte ich mehr Geld bei, als ich eigentlich konnte. Aber die Idylle trog. Es gab zwar keine lautstarken Auseinandersetzungen oder körperlichen Übergriffe, dennoch schwelte etwas im Untergrund. Es genügte eine Kleinigkeit für den nächsten Fauxpas.

Und der ließ nicht lange auf sich warten. Ich saß nachmittags in meinem Zimmer und übte Gitarre, als Paul hereinstürmte und sie mir aus den Händen riss. »Du bist zu laut, dein Gezupfe ist nicht auszuhalten«, giftete er mich an. »Ich muss üben«, argumentierte ich. Und da ich schon nicht zum Unterricht ging, müsse ich zu Hause üben, die Gesangsübungen erspare ich ihm ja bereits. Mit der Begründung war er zufrieden und ich spielte weiter. Er blieb im Zimmer, legte sich auf das Bett und hörte zu. Ich merkte, wie ungeduldig er war, und spielte sein Lieblingslied. Plötzlich sprang er auf, stieß mich vom Hocker, schmetterte die Gitarre an die Wand und rannte wortlos aus dem Raum.

Ich war überfordert, redete mir ein, das sei ein ungünstiger Moment gewesen. Doch die Realität sah so aus, dass ich gar nicht wusste, an wen ich mich wenden sollte. Das Betreute Wohnen war keine Option und meiner Musiklehrerin wollte ich meine Anwesenheit nicht zumuten. Sie war zu alt, obwohl sie mir sicher Obdach gewährt hätte. An meine Familie dachte ich nicht.

Abends klopfte es vorsichtig an der Tür. Es war Paul mit einer Gitarre unter dem Arm. »Die ist für dich«, sagte er, »es tut mir leid.« Mir tat es ebenfalls leid, allerdings um die Gitarre meines Vaters, die ich nun in ihre Hülle steckte und unter das Bett schob. Sie bedeutete mir so viel. Pauls Gitarre war edel, wesentlich teurer als meine, aber sie reichte an meine nicht heran, nicht annähernd. Ich spürte, dass sich meine Liebe für Paul verwandelte. Die Liebe schien zu verschwinden, sich abzuwechseln mit Hass. Meine Betreuer hatten mich gewarnt, ich hatte mich verschätzt. Ich bereute längst, dass ich nach Pauls erster Prügelattacke nicht mehr in die Schule gegangen war und meine Musikstunden reduziert hatte. Vor allem aber tat es mir um meine Vorstellungen und Wünsche leid, sie waren nichts als Illusion.

33.

Die nächste Katastrophe folgte prompt. Ich war schwanger. Und nun machte ich den größten Fehler meines Lebens – ich erzählte Paul davon. Paul flippte total aus. Er fauchte mich an: »Wie konnte das passieren? Mit wem warst du im Bett? Das Kind kann nicht von mir sein!« Außerdem habe er kein Kind gewollt und ich solle es tunlichst wegmachen lassen. Ich wehrte mich, immerhin war er genauso verantwortlich wie ich. Doch Paul war anderer Meinung. Er schlug mich zusammen, trat mir in den Bauch und wollte, dass ich verschwand, endgültig, und ihn nie wieder belästigte. Vorher wollte er noch Geld von mir – die Miete, die ich gefälligst für sein Zimmer mitbezahlen sollte. Ich konnte ihm keins geben, ich fühlte mich seit ein paar Wochen nicht gut und jobbte nur sporadisch. Daraufhin verlor er vollends die Kontrolle.

Wie ich ins Krankenhaus gekommen war, wusste ich nicht. Dafür wusste ich, dass Paul zu weit gegangen war und ich diesmal nicht einlenken würde. Er hatte mich übel zugerichtet, ich hatte mich übel zurichten lassen, doch mit dem Kind war alles in Ordnung. Zum Glück, ich wollte es behalten. Ich hatte keine Ahnung, wie ich das allein schaffen sollte, aber ich wollte es behalten.

Als die körperlichen Wunden versorgt waren und die Entlassung anstand, rieten mir die Ärzte, mich an ein Frauenhaus zu wenden. Davon war ich nicht begeistert. Ich wollte meine Musik nicht aufgeben – und hätte am liebsten im Betreuten Wohnen angeknüpft. Doch das klappte nicht, jetzt nicht mehr.

Ich musste an Stefan denken, meinen Kumpel aus früheren Zeiten. Ich fragte mich, was aus ihm geworden war. Und ich musste an meine Mutter denken, sie fehlte mir. Plötzlich fehlte mir meine Mutter. Ich sehnte mich nach ihrer Nähe und danach, dass sie mir half. Sie half mir nicht, und sie würde mir nicht helfen, aber ich sehnte mich danach. Am Krankenhauskiosk kaufte ich schließlich eine Karte und schickte sie ihr, einfach so, oder um zur Ruhe zu kommen. Erwartungen hatte ich keine. Ich glaubte nicht einmal, dass sie die Karte las.

Die Ärzte entließen mich mit der Maßgabe, auf direktem Wege ins Frauenhaus zu gehen. Ich jedoch beschloss, mich zuerst von meinen Mitbewohnern zu verabschieden, vor allem von der Mitbewohnerin, die sich um mich gekümmert hatte. Ich wollte mich nicht wortlos aus dem Staub machen. Und ich wollte diesen Abschnitt meines Lebens hinter mir lassen können. Dazu musste ich zurück.

34.

Ich kannte Pauls Zeiten, und obwohl er unberechenbar war, hielt er sich am frühen Nachmittag nicht daheim auf. Ich wollte unbedingt meine Sachen holen, ich besaß nicht viel, aber die Dinge, die ich besaß, waren mir wichtig. Am wichtigsten war mir meine Gitarre, auch wenn sie komplett zerstört war.

Ich warf schnell meine Sachen in meinen Koffer und hievte ihn samt Gitarre in den Flur. Die Gitarre, die Paul mir geschenkt hatte, wollte ich nicht haben. Dann verabschiedete ich mich von meinen Mitbewohnern. Hinterher wollte ich Stefan suchen. Das Frauenhaus war eine Notlösung, aber ich hatte sie im Kopf.

Doch fünf Minuten später lehnte Bea im Flur. Sie schaute mich und meinem pinken Koffer an – und die Weichen stellten sich anders. »Ich möchte dich abholen. Zu Hause warten unsere Eltern, und Omas Zimmer gehören ab sofort dir«, sagte sie. Ich war völlig verdutzt. Worauf sie die Karte erwähnte, die ich unserer Mutter geschickt hatte.

Ich hatte Bea einige Monate nicht gesehen und staunte nicht schlecht. Meine kleine Schwester war gewachsen, sie wurde erwachsen. »Ich habe geahnt, dass etwas Schlimmes passiert ist«, sagte sie. Deshalb sei sie da. Wie sie an die Adresse gelangt war, sagte sie nicht, aber sie musste ziemlich hartnäckig gewesen sein.

Bea interessierte mein Zimmer, sie interessierte, wie ich in den vergangenen Monaten gelebt hatte. Als sie in einer Ecke Pauls Gitarre entdeckte, stutzte sie, doch für die ganze Geschichte war die Zeit zu knapp. Wir sahen uns an und ich schüttelte den Kopf. Aber Bea setzte sich durch, sie guckte auf die Pflaster in meinem Gesicht und schnappte sich die Gitarre. Es war das Beste, das sie tun konnte.

Wir verließen die WG und gingen wortlos nebeneinander her. Ich konnte nicht sprechen und nicht denken, mein Kopf war leer. Ich konnte nicht beurteilen, was richtig oder falsch war, ob ich Bea folgen sollte oder nicht. Mir fehlte ein Plan und jede Alternative dazu. Es war unsinnig nach Stefan zu suchen, ich war schwanger, was sollte ich schwanger auf der Straße.

Erst als wir im Zug saßen, verlor sich die Anspannung ein wenig. Mir fiel die Querflöte ein, die ich von meiner Musiklehrerin gekriegt hatte. Sie lag im Koffer, gut gepolstert zwischen den T-Shirts, vielleicht konnte ich sie bald spielen, vielleicht nicht. Meine Musiklehrerin hatte ich angerufen und gesagt, dass ich mich melde, obwohl es eigentlich ein Abschied war, ich wollte ihr die Wahrheit ersparen. Oder ich wollte mir die Wahrheit ersparen – ich hatte keine Zukunft, oder schon wieder keine Zukunft mehr.

Bea blickte mich an, während ich grübelte. Ich haderte mit mir und den Geschehnissen, mit meinen bisherigen Entscheidungen und der Entscheidung, mit Bea nach Hause zu fahren. Außerdem ich hatte Angst. Ich hatte Angst, auf meine Mutter und meinen Vater zu treffen, ich hatte Angst vor dem Morgen. Doch ein Zurück gab es nicht, durfte es nicht geben, und dafür musste ich sorgen.

Bea beendete das Schweigen. »Bist du schwanger?«, fragte sie. Ich konnte nicht antworten, sie nicht ansehen, ich heulte einfach los. Es war, als ob ein Damm brach und die letzten Monate nach oben schwappten. Sie konnte unter meinem Schluchzen nichts verstehen, trotzdem hatte ich Bedenken, dass sie zu viel verstand und es nicht für sich behielt. Ich vertraute meiner Schwester nicht. Gleichzeitig überlegte ich, was passieren musste, damit ich ihr vertraute.

Die Fahrt nach Hause dauerte zwei Stunden. Zwei Stunden, in denen sich widersprüchliche Gedanken abwechselten, in denen immer mehr Ängste hochkochten. Ich hatte Angst, dass nun alles von vorne begann, dass ich jahrelang fort und alles umsonst gewesen war. Die größte Angst jedoch hatte ich vor meiner Mutter. Ich konnte sie früher schon nicht einschätzen. Was, wenn sie meiner Person morgen wieder überdrüssig war?

Und jetzt war ich auf dem Weg nach Hause, zu meiner Mutter, mit meiner kleinen Schwester an der Seite. Bea saß da, hörte maximal ein tränenersticktes »ja« und dass ich schwanger war von Paul. Den Rest musste sie sich zusammenreimen. »Hat Paul Rechte? Kann er dir gefährlich werden?«, fragte sie. Ich wusste es nicht und es war mir egal. Ich hatte keine Kraft mehr.

35.

Mein Herz raste, als Bea die Haustür öffnete. Am liebsten wäre ich umgedreht, weggerannt, doch die Fluchtgedanken verflogen wieder. Mein Vater steuerte auf mich zu und umarmte mich, er sagte nichts, drückte mich nur fest an sich. Hinter ihm wartete meine Mutter und lächelte, es sollte wohl ein Lächeln sein, ich konnte es nicht einordnen. Sie wirkte kalt auf mich und war es wahrscheinlich gar nicht. Einen Körperkontakt duldete sie nicht, oder ich duldete keinen, zumindest schien die Distanz zwischen uns in diesem Moment unüberwindbar. Sie begrüßte mich, indem sie mir die Hand gab. Eine seltsame Stille umsäumte uns.

Bea und ich trugen meine Sachen nach oben. Omas Räume waren extra für mich hergerichtet worden, nichts erinnerte an die furchtbaren Farben von Theo. Meine Eltern hatten die beiden Zimmer um ein hübsches kleines Bad und eine Kochnische erweitert, sodass eine separate Wohnung entstanden war. Die Möbel aus meinem Kinderzimmer hatten sie nach oben transportiert, sie schienen fast winzig. Als dann noch der Duft meines Lieblingsessens durch das Haus zog, war ich total gerührt. Meine Mutter, von der ich nicht annahm, dass sie überhaupt wusste, was ich gern aß, hatte mein Lieblingsessen gekocht – Omelette mit Pilzen. Sie hatte sich Ewigkeiten in die Küche gestellt und gekocht. Und sie hatte Erdbeerkuchen gebacken. Ich wollte ihr meine Rührung zeigen, aber ich traute mich nicht.

Meine Eltern fragten mich nichts, sie quälten mich nicht, sie ließen mich ankommen. Dafür war ich ihnen dankbar. Wir aßen gemeinsam und konnten dieses Gemeinsame genießen, ehe ich mich nach oben verkroch. Dort lag ich auf meinem Bett und weinte, es war alles zu viel. Ich konnte meine Gedanken nicht sortieren. Abends klopfte mein Vater. Er umarmte mich nochmals, fester und länger als vorher. »Du hast mir gefehlt«, sagte er. Statt zu antworten, fing ich gleich wieder an zu weinen, ich konnte es nicht unterdrücken. »Wenn du etwas brauchst, egal was, gib mir einen Wink«, sagte er, »ich bin da!«

36.

In den folgenden Tagen durchstreiften mein Vater und ich diverse Möbelhäuser – er wollte, dass ich es schön hatte. Ich spürte, dass er mit mir allein sein wollte. Doch er äußerte nichts, er sprach nichts an, weder die Zeit mit Stefan oder Stefans Mutter noch die Zeit danach. Ich war nicht sicher, ob sein Nicht-Reden mit ihm oder mit mir zu tun hatte, was ihn abhielt. Ich mochte mich ihm auch nicht mitteilen, ich mochte mich niemandem mitteilen. In mir war alles durcheinandergeraten, sämtliche Gefühle hatten ihren ursprünglichen Platz verloren, ich wusste nicht, wohin ich gehörte, wohin ich wollte. Ich erlebte mich so überflüssig in dieser Welt. Mir fehlte der Boden, auf dem alles fußte.

Meine neuen Möbel kamen, ich machte es mir gemütlich, das helle Holz duftete noch, und zog mich innerlich zurück. Immer seltener konnte ich mich überwinden, hinunter zu gehen, ich ertrug keinen in meiner Nähe. Mein Vater kannte mich und konnte das akzeptieren, meine Mutter nicht. Sie stichelte wie einst, im nächsten Augenblick war sie wieder nett und schien bei mir. Ihre Zwiespältigkeit war schwer auszuhalten. Mitunter zwang ich mich regelrecht, ein paar Minuten mit ihr zu verbringen. Ich setzte mich zu ihr in die Küche oder ins Arbeitszimmer, und wir plauderten über Lapidares. Sie fragte nicht und ich überlegte mir genau, was ich preisgab, was sie hören sollte. Wir lachten sogar miteinander, aber es hielt nicht an.

Zweimal tat ich ihr den unausgesprochenen Gefallen und lud Chorfreunde von früher ein. Nicht etwa aus Überzeugung oder weil ich partout mit ihnen Musik machen wollte, sondern weil sie die heile Welt liebte, und wenn die Welt nicht heile war, wurde sie heile geredet – ich kam ihr da bloß ein bisschen zuvor. Nach den beiden Versuchen hatte ich allerdings keine Lust mehr, es passte nicht, ich passte nicht in die Gemeinschaft. Als Kinder und Jugendliche hatten wir vielleicht einiges gemein, doch das war Vergangenheit. Ich fühlte mich uralt in ihrer Gegenwart. Während sie tuschelten und witzelten, liefen mir die letzten Jahre durch den Kopf. Außerdem war ich schwanger und musste dringend an einem Schulabschluss basteln. Obgleich ich mir Freunde wünschte, Menschen, mit denen ich sprechen konnte. Von Bea abgesehen, hatte ich niemanden.

37.

Die Wunden von Paul waren verheilt, ich war in der 12. Woche und brütete, was werden sollte und wie. Bea war oft oben bei mir und ich wunderte mich, dass unsere Mutter das zuließ, sich nicht einmischte. Doch da unterschätzte ich Bea. Bea wollte nach der zehnten Klasse die Schule beenden und Erzieherin werden, was ich beinahe belächelte, sie hatte noch so viel Zeit. Manchmal quatschten wir bis tief in die Nacht. Sie schlief dann auf dem Sofa, um Konflikte mit der unteren Etage zu vermeiden. Wir wuchsen zusammen und ich begann, ihr zu vertrauen, ich gewann sie richtig lieb.

In einer dieser Nächte verlor ich das Baby. Ich wachte auf, weil mir übel wurde und ich Bauchschmerzen hatte, als ich schließlich im Bad war, bemerkte ich die Blutung. Bea wollte einen Arzt rufen, doch ich hielt sie zurück – es war zu spät. Meine Empfindungen indes waren widersprüchlich, ich war traurig und erleichtert zugleich, ich wollte weinen und konnte nicht. Ich hatte ein moralisches Problem – statt todunglücklich zu sein, beugte ich mich den Tatsachen.

Bea wich mir in jenen Tagen nicht von der Seite. Wir waren gemeinsam bei Ärzten, wir aßen und schliefen gemeinsam. Wir involvierten niemanden, ich wollte es nicht und Bea akzeptierte das, obwohl sie meinte, dass unsere Eltern Bescheid wissen sollten. Doch zuerst musste ich verstehen, was passiert war. Ich musste verstehen und wieder bei mir landen. Und um bei mir zu landen, brauchte ich Abstand. Ich musste nachdenken, eine Richtung finden. Zu Hause war das nicht möglich. Ich musste weg, nur kurz, doch ich musste weg, wenn ich sinnvoll weitermachen wollte. Das zumindest erzählte ich Bea.

Mir war nicht klar, ob ich überhaupt weitermachen wollte, aber Bea wollte ich beruhigt wissen. Ich hoffte, sie würde unseren Eltern schon alles erklären. Ich manipulierte meine Schwester für meine Zwecke und hatte ein schlechtes Gewissen. Ebendas schlechte Gewissen war es wohl, das mir half weiterzumachen.

38.

Ich brach in der Nacht auf. Ich packte meinen Rucksack und verabschiedete mich von Bea. Wir umarmten uns, mir rannen die Tränen herunter, doch Bea sah das nicht. Sie sperrte die Tür zu, und ich flennte richtig los. Ein paar Stunden irrte ich umher, bis ich in den Zug stieg und zu Stefans Mutter fuhr. Ich wollte Stefan finden, ich musste ihn finden.

Stefans Mutter war baff, als ich bei ihr auftauchte. Aber ich konnte ihren Gesichtsausdruck nicht deuten. Jedenfalls hielt sie sich bedeckt, sie gab mir keine Auskunft. Sie sagte weder, wo er sich aufhielt, noch was aus ihm geworden war. In kaum fünf Minuten fertigte sie mich ab. Ich erfasste nicht, ob sie mir nichts sagen konnte oder nichts sagen wollte. Wütend auf mich selbst, weil ich meinte, dass alles beim Alten geblieben sei, machte ich mich ohne Hinweise auf die Suche. Ich pilgerte zu sämtlichen Plätzen, an denen wir waren, ich lief mit anderen Leuten mit, fragte nach ihm und lernte neue Orte kennen, doch er war nirgends. Ich fühlte mich schrecklich leer und allein, ich vermisste Stefan, aber ich trank nicht und ich nahm nichts, ich brauchte es nicht, obgleich die Versuchung groß war.

Die Straße, die einmal fast mein Zuhause war, war mir fremd geworden. Ich tat mich schwer, Leute anzusprechen, tat mich schwer, überhaupt tagelang draußen und unterwegs zu sein. Ich mochte mich nicht nach Schlaf- oder Waschmöglichkeiten umgucken. Ich konnte mir nicht mehr vorstellen, in den Tag zu leben und abzuwarten, was passierte. Und ich wollte keine Drogen mehr, um zu vergessen. Mir ging es gut, zu gut, um bei Stefan und der Vergangenheit anzubinden, doch das begriff ich erst in diesen Wochen.

Ich grübelte viel und kehrte schließlich nach Hause zurück. Ich wollte eine Zukunft. Ich wollte ein Leben. Die Einsamkeit draußen hatte mich woanders hingeführt, als ich mir vorgenommen hatte, sie hatte mich innerlich weiter gebracht, trotzdem jetzt auch Stefan Geschichte war.

39.

Ich kam zurück und konnte mich nicht eingewöhnen. Ich fühlte mich abhängig, obwohl der äußere Rahmen stabil war. Mein Vater begegnete mir offen, meine Mutter war nett und Bea für mich da, und doch war etwas nicht stimmig. Ich hatte meine Freiheit verloren. Aber mir war nicht klar, wie ich das ändern konnte.

Also wollte ich mich erstmal auf die Schule konzentrieren. Ich brauchte einen Abschluss, mit dem ich an die Musikhochschule konnte – mein Hauptfach sollte Gesang werden. Und falls es an der Hochschulreife scheiterte, musste ich auf eine private Ausbildung ausweichen. Bea und ich spielten eine Menge Möglichkeiten durch. Parallel zur Schule wollte ich den Musikunterricht bei meiner Lehrerin wieder aufnehmen. Die Fahrt dorthin dauerte Stunden, aber mein Ehrgeiz war geweckt.

Als ich meine Absichten mit meinem Vater durchsprach, ihm sagte, dass ich zu Hause bleiben wollte bis ich die Schule beendet hatte, aber finanziell auf ihn angewiesen sei, strahlte er und sagte: »Um das Geld musst du dir nun wirklich keine Sorgen machen«. Das war nicht die Sache, aber vermutlich konnte er das nicht verstehen.

Ich wollte mich gerade mit den Gegebenheiten arrangieren, dann hatte ich plötzlich Glück. Nicht, weil mein Großvater verstarb, sondern weil seine Frau, meine Großmutter väterlicherseits, Anspruch auf meine Wohnung erhob.

40.

Diese Großmutter war mir unheimlich. Für mein Empfinden war sie kalt, eiskalt und berechnend. Mitunter fragte ich mich, wie die Kindheit meines Vaters ausgesehen haben mochte. Wie er es geschafft hatte, nicht an ihr zu zerbrechen. Oder wie er so warmherzig sein konnte. In der Therapie erzählte er einmal, dass die Macht, die seine Mutter als Kind auf ihn ausgeübt hatte, ihn beinahe zerstört hätte. Und er sich nicht getraut hätte, sich ihr zu widersetzen, weil er nicht wusste, zu was sie imstande war. Seine Kindheit war von den Regeln seiner Mutter bestimmt und von ihrem Geld. Selbst sein Vater hatte neben ihr keine Chance. Ich begriff damals nicht, was er sagte, ich war zu sehr mit mir beschäftigt.

Meine Großmutter lebte in einer Welt, die sie mit ihren Mitteln beherrschte. Sie scharrte vorrangig Menschen um sich, die in ihrem Sinne funktionierten, und wenn nicht, brachte sie sie mit ihrem Geld zum Funktionieren. Emotionen galten bei ihr nicht. Nur mein Bruder Theo war bei ihr in der Präferenzzone. Ihn schien sie irgendwie lieb zu haben, wobei sie sich eventuell gar seine Liebe erkaufen musste. Sie warf meiner Mutter häufig vor, dass er ohne sie nicht groß geworden wäre, und sie eigentlich die Mutter sei. Was das bedeutete, mochte ich nicht erfragen. Ich spürte jedoch den Wettbewerb, den die beiden um Theo austrugen. Theo wiederum wusste um seine Position. Ihn wies höchstens mein Vater in seine Schranken.

Zu mir hatte die Großmutter keinen Bezug, und ich zu ihr nicht. Ich fand sie herablassend und arrogant und mied sie tunlichst. Sie stammte aus gutem Hause, hatte Abitur gemacht und sich gut verheiratet. Arbeiten musste sie nicht, sie hatte immer Geld. Mich erlebte sie als Stilbruch, als vollkommen aus der Art geschlagen, und nicht selten machte sie meine Mutter für ihr durch mich zerstörtes Familienbild verantwortlich. Sie schämte sich wegen mir.

41.

So wunderte ich mich, dass sie mich um ein Gespräch bat. Sie holte mich mit ihrem Riesenauto ab und lud mich zum Italiener ein, dieses Privileg wurde sonst bloß Theo zuteil. Und sie kam gleich zur Sache, noch ehe wir die Speisekarte gelesen hatten. Sie war der Meinung, dass, nachdem meine andere Oma über Jahre bei uns gewohnt hatte, sie nun an der Reihe sei, und ich quasi ihre Wohnung belegte. Ich verschluckte mich fast an meiner Cola, das hatte ich ihr nicht zugetraut.

Sie wurde katzenfreundlich und sagte: »Du sollst ja auch nicht umsonst ausziehen. Ich ermögliche dir eine Zukunft, die du dir nicht zu erträumen wagst.« Ich war skeptisch, tat, als interessierte mich ihr Gerede nicht, obgleich es in mir brodelte. Ich musste mich arg zusammenreißen, ihr nicht die Cola ins Gesicht zu kippen. Meine Großmutter wollte die Wohnung – um jeden Preis. Sie bot mir tatsächlich Geld, damit ich auszog.

Doch da unterschätze sie mich. In Sekundenschnelle spielte ich alle Eventualitäten durch, ich plante die Schule, die Ausbildung, ein Durchfallen, Wiederholungen, Verzögerungen, Ortswechsel und mein Ausprobieren ein. Und als sie mir ein Angebot machte, lächelte ich und lehnte ab. Wir aßen unsere Nudeln und ich ließ sie zappeln – es war ein tolles Gefühl. Noch nie zuvor hatte ich sie verwirrt gesehen. Beim Nachtisch fasste sie sich wieder und fragte mich nach meinen Vorstellungen. Ich hatte gewonnen, sie räumte mir den doppelten Betrag ein und weitere Gelder, sofern die Ausbildung mehr erforderte. Allerdings machte sie zur Bedingung, dass ich Stillschweigen bewahrte und niemandem davon erzählte. Daran wollte ich mich gern halten.

Ich konnte den Segen kaum glauben. Einige Tage später überreichte sie mir ein Sparbuch, zu dem nur ich Zugang hatte, mit einem Betrag, der noch ein bisschen aufgerundet war. »Für deine Schläue«, sagte sie und kniff die Augen zusammen. Ich mochte meine Großmutter deshalb nicht lieber und meine Aversion baute sich nicht ab, doch sie schenkte mir mit ihrem Geld das Stück Freiheit, das mir fehlte. Ein schlechtes Gewissen oder eine Abhängigkeit von ihr verspürte ich nicht, sie war reich genug.

42.

Mir tat es leid, dass ich Bea nichts sagen konnte, und mir taten meine Eltern leid, die meiner Großmutter nicht plausibel machen konnten, dass sie in ihrem Hause nicht willkommen war, schon gar nicht, wenn ich dafür gehen musste. Es gab etliche

Debatten, weil meine Eltern froh waren, mich wieder bei sich zu haben und meine Großmutter das nicht kapierte. Flüchtig überlegte ich, meinen Vater einzuweihen, konnte aber das Risiko nicht kalkulieren und entschied mich dagegen. Trotzdem wollte ich den Streit zwischen meinen Eltern und meiner Großmutter beenden, und sagte: »Ich ziehe aus. Das habe ich mir reiflich überlegt.« Meine Eltern waren wie versteinert, sie wehrten sich, boten mir neue Räume an, was mich beklommen machte, aber ich wollte fort. Ich musste fort.

Meiner Mutter war ihre Wut anzumerken und mein Vater wirkte verletzt. Ich rettete mich aus der Situation und log: »Ich habe einen Job gefunden. Der reicht aus, um die Miete für ein WG-Zimmer aufzubringen.« Meine Eltern schüttelten fassungslos den Kopf. Ich war mir nicht sicher, ob sie meine Großmutter verdächtigten, mich beeinflusst zu haben, zumindest war ihr Stand bei ihnen schlecht.

Vielleicht ahnte mein Vater die Wahrheit, vielleicht hatte er Angst davor. Er wusste doch, dass ich neben der Schule und der Musik keinen Job machen konnte, wenigstens keinen, der mich finanzierte.

43.

Bea half mir bei der Zimmersuche. Das Geldwunder wollte ich ihr später erklären. Ich wagte es nicht, zu früh etwas zu sagen, und fühlte mich zerrissen. Ich konnte noch nichts sagen, doch Bea störte das nicht, sie vertraute mir. Wir kundschafteten eine WG aus, die für mich wie gemacht war – am anderen Ende der Stadt, was mir Nähe und Distanz zugleich garantierte. Das Zimmer war ruhig und geräumig, mit dem Fenster zum Hof. Die Leute waren durchweg Musiker. Ich fühlte mich gleich wohl dort. Es passte alles, plötzlich passte alles. Den Mietvertrag legte ich meinem Vater zum Gegenlesen vor. Ich ließ ihn teilhaben, das freute ihn wahnsinnig. Und es war meine Mutter, die sagte: »Du kannst jederzeit nach Hause zurückkehren.« Sie meinte, was sie sagte.

Bea renovierte mit mir, meine Mutter kochte für uns und mein Vater organisierte den Anhänger für die Möbel. Die Dinge, die ich nicht mitnehmen konnte, wanderten in mein altes Kinderzimmer. »So hast du zu Hause noch einen Platz«, sagte mein Vater. Er war traurig, dass ich ging, aber ich konnte nicht anders. Ich ging und meine Großmutter kam, und Theo half ihr. Vermutlich hatte sie sich wie seine Liebe auch seine Hilfe erkauft. Bei dem Gedanken drehte sich mir der Magen um, doch auf das Geld wollte ich genauso wenig verzichten. Immerhin versuchte sie nicht, sich meine Liebe zu erkaufen, oder sie versuchte es und ich begriff es nicht.

44.

Diese WG war kein Vergleich zur letzten. Hier wurde miteinander geredet und Musik gemacht. Zwei meiner Mitbewohner studierten Musik, eine Mitbewohnerin hatte ein Engagement, und die vierte, Simone, war ein bisschen älter als ich. Sie sang Background für verschiedene Bands und Showprojekte.

Simone beeindruckte mich am meisten, ihre Stimme war unglaublich. Ihre Eltern hatten eine Fleischerei, in die sie einsteigen sollte, aber nicht wollte. Sie wollte singen, und das unterstützten ihre Eltern nicht. Simone hegte keinen Groll oder schimpfte. »Sie können nichts dazu, dass man in der Provinz so engstirnig ist«, sagte sie. Außerdem sei sie auf ihre Unterstützung nicht angewiesen.

Als Simone in der WG landete, war sie gerade 18 geworden. Sie war weder versichert noch hatte sie Geld, dafür aber einen Schulabschluss und viele Träume. Ihr Vater hatte eine Ausbildung im Betrieb zur Bedingung gemacht, woraufhin sie den Kontakt abgebrochen und sich auf eigene Füße gestellt hatte. Anfangs jobbte sie in einer Bar, sang in Kneipen oder auf Veranstaltungen, und sie schickte ihre Bänder an Agenturen, bis jemand ihr Talent entdeckte. Seitdem verdiente sie sich als Background-Sängerin. Doch ihre Träume waren auf der Strecke geblieben, die Realität hatte sie zu schnell eingeholt. Trotzdem war sie zufrieden.

Simone probte oft und eisern. Sie war streng mit sich. Sie achtete auf sich, rauchte nicht, trank keinen Alkohol und feierte selten die Nächte durch. »Das ist nicht gut für die Stimme«, sagte sie. Bei mir war das anders. Seit ich in der WG war, feierte ich ab und zu, trank sporadisch und rauchte, obwohl ich meist maßhielt.

45.

Ich hatte die Schule wieder aufgenommen, fuhr zu meiner Musiklehrerin, begleitete Simone zu ihren Auftritten und kostete meine neue Freiheit aus. Bea war häufig bei mir und wir redeten über ihre Zukunft. Sie hatte die Zehnte beendet und zwei Jahre Berufsfachschule angehängt, zur Vorbereitung, doch sie war todunglücklich. Bea litt regelrecht, sie zweifelte an ihren Zielen und an sich. Die Schule gefiel ihr nicht, die Leute nicht und der Wunsch, Erzieherin zu werden, geriet ins Wanken. Für einen Augenblick erlebte ich Bea hilflos und überfordert. Erst die Idee, sich als Au-pair zu bewerben und nach den zwei Jahren Schule ins Ausland zu gehen, brachte Licht ins Dunkel. Bea wurde wieder Bea.

Manchmal war ich bei ihr und lud mich hinterher bei meiner Mutter zum Essen ein. Oder meine Mutter besorgte Kuchen, wenn sie wusste, dass ich kam. So viel Fürsorge war ich nicht gewöhnt, doch ich genoss es. Mehr noch. Ich setzte mich zu meiner Mutter und suchte den Kontakt. Mich zog es regelrecht dorthin – ich konnte nicht allein sein. Plötzlich konnte ich nicht mehr allein sein! Und richtig problematisch wurde es, sobald Ruhe einkehrte. Im Zustand der Ruhe holten mich meine Ängste ein. Die Ängste von damals, die mir seit der Drogenpsychose anhefteten. Vielleicht waren sie auch schon vorher da und warteten nur auf einen Auslöser, ich hatte keine Ahnung.

Diese Ängste überfielen mich und ich konnte nichts tun, sie nicht verbannen oder löschen. Meine Gedanken überschlugen sich, mein Baby spukte mir im Hirn herum, alles preschte aus der Tiefe, aus dem Kern empor und ich konnte nicht mehr atmen. Ich wollte weg, aus meinem Körper fliehen, und konnte nicht, ich war gefangen in mir selbst.

Das schaukelte sich hoch, bis ich keinen Menschen mehr in meiner Nähe haben konnte. Ich schleppte mich in die Schule, funktionierte irgendwie und fragte mich, warum ich dort war. Im Unterricht lernte ich fast nichts. Es schlauchte mich, nicht aufzufallen und meine Ängste zu kontrollieren. Die Verlockung, mir ein paar Sachen zur Beruhigung zu besorgen, war groß, doch ich widerstand. In diesen Phasen trank ich viel, viel zu viel, und leider nahmen diese Phasen zu. Nicht nur die Häufigkeit nahm zu, auch die Intensität.

Zeitweise lag ich weinend und betrunken im Bett, weil ich die Angst und die Schuld nicht aushielt. Die Angst, die mich um den Verstand zu bringen suchte, und die Schuld, weil ich mein Baby verloren hatte. Ich betäubte mich, doch es änderte nichts, und als ich aufwachte, fühlte ich mich noch schlechter, noch schuldiger. Mitunter glaubte ich, dass ich nicht aufwachen durfte, um so neues Unheil zu verhindern.

Niemand bemerkte, was mit mir los war. Ich spielte jedem etwas vor, meiner Mutter, meinem Vater und nicht zuletzt Bea. Gute Freunde hatte ich nicht, ich ließ niemanden an mich heran. Simone klopfte oft an meiner Tür, sie ahnte, dass etwas nicht stimmte. Doch ich redete mich mit lernen heraus, was zumindest nicht grundfalsch war.

Bea überraschte mich eines Morgens im Bett. Ich hätte eigentlich Schule gehabt, konnte aber nicht aufstehen, die Angst und die Kopfschmerzen waren zu groß. Bea sah mich, drehte sich um und knallte wütend die Tür zu. Sie meldete sich nicht mehr bei mir. Und ich mich nicht bei ihr. Nicht, weil mir der Vorfall unangenehm war, ich war froh, dass sie fort und ich allein war.

Ich gewöhnte mich an meine schwankenden Stimmungen, und ich gewöhnte mich neben dem Alkohol an die Tatsache, dass ich mein Baby verloren hatte. Es gab Tage, sogar Wochen, in denen ich gut zurechtkam, bis mich meine Labilität dann wieder umhaute. Ich lernte für die Schule, machte Musik und war manierlich. Ich feierte Partys und kannte keine Grenzen. Oder ich hatte Angst, trank und brauchte die Einsamkeit.

46.

Trotzdem schaffte ich die Hochschulreife. An den Aufnahmeprüfungen der Musikhochschule allerdings scheiterte ich. In jener Zeit verlor ich die Hoffnung und den Sinn, ich glaubte, alles sei umsonst gewesen. Ich war Anfang zwanzig und alles, worauf ich hingearbeitet hatte, erledigte sich innerhalb von Minuten. Meiner Familie erzählte ich nicht, dass ich durchgefallen war, es war zu peinlich.

Einzig meine Musiklehrerin wusste Bescheid. Und sie sorgte sich um mich, meine Verfassung war miserabel. Sie bat mich, zu Hause zu sagen, was mir passiert war, wenigstens Bea, aber ich konnte nicht. Meine Lehrerin war damals schon sehr alt und die Verantwortung für mich wurde zur Belastung, aber das erfasste ich nicht. Schließlich schlug sie vor, die Zeit bis zu den nächsten Aufnahmeprüfungen mit einer Ausbildung meiner Wahl zu überbrücken. Sie dachte an eine Kollegin, die den privaten Gesangsunterricht fortführte oder an Musical. »Du musst dich ausdrücken können«, sagte sie. Sie war einst Opernsängerin gewesen und mich erstaunte, dass sie eine Musical-Ausbildung anregte, doch eben dafür entschied ich mich. Und dort wurde ich aufgenommen.

47.

Meine Eltern ließ ich in dem Glauben, dass ich das Musikstudium begonnen, aber für eine Musical-Ausbildung abgebrochen hatte, die Wahrheit verheimlichte ich. Den Wohnort brauchte ich nicht zu wechseln, ich konnte mit der Bahn zur Schule pendeln. Ein Umzug lohnte sich nicht, ich war mir nicht sicher, ob Musical tatsächlich zu mir passte – die Musikhochschule hätte zu mir gepasst. Ich hatte meinen Faden verloren. Es war alles wie zerronnen. Ich hatte das Gefühl, dass ich Zeit verlor, mir die Zeit fortrannte und ich hinterherhinkte – ich hinkte mir und dem Leben hinterher. Meine Situation hielt ich kaum aus, da waren die Ängste, die mir permanent nachjagten, die fehlenden Perspektiven und der Alkohol, der die Welt kurzfristig ein bisschen besser machte, aber meine Stimmung nicht positiv beeinflusste.

Während ich auf der Suche nach dem richtigen Weg war, erhielt Bea das Ja für den Au-pair-Platz in Amerika. Plötzlich befand sich Geld auf meinem Sparbuch, das nicht eingeplant war – meine Großmutter wollte die Musical-Schule zahlen, außerhalb der Reihe, weil sie auch Beas Amerika-Aufenthalt zahlte. Sie konnte mich nicht leiden und trotzdem zahlte sie. Und jetzt bekam ich ein schlechtes Gewissen. Sie nahm weder Kontakt zu mir auf noch interessierte sie sich für mich, trotzdem trug sie die Kosten.

Den Kontakt zu Bea mied ich. Ich hatte Angst, von ihr durchschaut oder bewertet zu werden. Ich besaß nicht Beas Kraft, ich war nicht stark. Es war demütigend, zugeben zu müssen, dass ich es nicht geschafft hatte, wieder nicht geschafft hatte, und vieles umsonst gewesen war. So flog Bea nach Amerika, ohne dass wir uns voneinander verabschiedeten.

Ich war beinahe erleichtert als sie abgeflogen war. Die Verbindung hatte nicht selten etwas mit Druck zu tun, ich wollte Bea nicht enttäuschen. Bei meinem Vater war es ähnlich, ich musste ihm gefallen.

48.

Die Musical-Ausbildung fing wider Erwarten an, mir Spaß zu machen, und je besser ich mich dort aufgehoben fühlte, desto mehr kam ich bei mir an. Ich trank weniger, konnte wieder schlafen und meine Gedanken zermürbten mich nicht mehr. Mir wurde sogar die Musikhochschule egal. Meine Musiklehrerin freute sich für mich, obwohl wir uns immer seltener sahen. Sie war alt, doch ich weigerte mich, weiter zu gucken. Manchmal fuhr ich zu ihr, einfach so, spürte aber, dass es ihr schnell zu viel wurde. Dann schränkte ich meine Besuche ein, und eines Tages erhielt ich die Nachricht, dass sie friedlich eingeschlafen war.

Jene Nachricht katapultierte mich in Sekunden von ganz oben nach ganz unten. Ich konnte nicht denken, nicht handeln, ich kauerte da und war traurig. Ich betrank mich furchtbar, was meine Ängste aufflackern und eine Panikattacke der nächsten folgen ließ, aber meinen Verlust nicht verringerte. Mein Vater war bei mir. Er saß an meiner Bettkante, redete stundenlang mit mir und hielt mich.

Simone aus der WG war einbezogen. Sie kannte inzwischen meine Stimmungen, meine Schwankungen, sie wusste, wie schwierig, wie wackelig ich sein konnte, und sie kannte meine Musiklehrerin. Den Leuten aus dem Kurs erzählte ich nichts von meinem Verlust, von meiner Trauer. Ich fand, es war meine Sache. Trotzdem sickerte durch, dass die frühere Operndiva mich unterrichtet hatte. Doch statt angegriffen zu werden, erfuhr ich echtes Mitgefühl, zum ersten Mal in meinem Leben erfuhr ich echtes Mitgefühl.

Nun vermisste ich Bea. Mir fehlte meine kleine Schwester, aber ich konnte nichts tun. Ich war zu stolz gewesen, hatte keine Schwäche zeigen wollen, und jetzt hatten wir uns voneinander abgewandt. Es war meine Schuld, ich konnte niemanden, außer mich selbst dafür verantwortlich machen. Und das tat weh.

49.

Das Jahr ohne Bea schien mir unendlich. Meine Eltern besuchte ich kaum, ich arrangierte mich mit mir. Es gab schöne Erlebnisse, die zumeist mit der Ausbildung verbunden waren, und es gab unschöne Erlebnisse, zu diesen gehörte Oliver.

Als ich an einem Freitagmorgen aufwachte, lag Oliver neben mir beziehungsweise ich neben ihm, es war seine Wohnung. Meine letzte Erinnerung war, dass ich mich abends mit ein paar Leuten zum Tanzen verabredet hatte und wir hinterher noch ein Bier zusammen trinken wollten. Es blieb nur nicht bei einem. Während sich die anderen auf den Heimweg machten, wurde es für mich gerade spannend. Meine Grenzen nahm ich nicht wahr, wollte ich nicht wahrnehmen. Da kam Oliver. Wie weit wir in dieser Nacht gegangen waren, ob wir uns geschützt hatten, wusste ich nicht. Dafür hörte ich, dass Oliver nicht die netteste und bestimmt nicht die treueste Seele war. Zum Schluss war ich froh, dass wir bei ihm gelandet waren und ich ihm meinen richtigen Namen nicht verraten hatte. Ich sah ihn nicht wieder, einen zweiten Paul brauchte ich auf keinen Fall.

Und weil ich mich so wenig im Griff hatte, folgten diesem Oliver noch einige Olivers, die ich auch nicht wieder sah. Simone kriegte meine Zügellosigkeit mit, mischte sich aber nicht ein. Manchmal traten wir gemeinsam auf, was für Simone Ernst und für mich Spaß war. Ich konnte mich und meine Musik nicht ernst nehmen. Ich hatte das Gefühl, etwas Überflüssiges zu tun, etwas Nutzloses.

Egal, was ich tat, wie sehr ich mich bemühte, ich glaubte, es genügte nicht. Ich war 25, bewältigte meine Semester- und Zwischenprüfungen, und ich genügte nicht. Mitunter erfüllte mich eine eigenartige Leere, der ich Herr zu werden probierte, indem ich keinen Alkohol trank oder übermäßig trank. Ich merkte durchaus, dass mein Konsum sich vervielfacht hatte, und ich mich dringend zurücknehmen musste, aber oft nicht konnte.

50.

Während ich vor mich hinlebte, notwendige und nicht notwendige Ereignisse an mir nagten, kündigte sich Bea aus Amerika an. Sie schrieb, dass sie eine Menge zu erzählen hätte. Als sie schließlich vor mir stand und wir uns umarmten, überwog die Harmonie, keine Kluft und keine Risse. Bea war zielstrebig wie eh und je, und sie war hübsch geworden, Amerika hatte sie endgültig erwachsen werden lassen. Sie hatte dort einen Mann kennengelernt, wollte aber an ihm nicht festhalten. »Unsere Lebenskonzepte sind zu unterschiedlich. Er bringt mich durcheinander«, sagte sie. Ich konnte es nicht fassen, meine kleine Schwester selektierte und strukturierte selbst in Herzensangelegenheiten. Sie musste nicht erst wie ich auf die Butterseite klatschen.

Nun sollte ein freiwilliges soziales Jahr folgen. Sie wollte immer noch Erzieherin werden. Bloß unsere Großmutter schoss quer. Sie hatte Beas Amerika-Aufenthalt bezahlt und wollte, dass sie studierte. Sie nötigte sie buchstäblich, lauerte ihr auf oder spionierte ihr nach, Bea kam nicht gegen sie an. Sie machte Bea für alles verantwortlich, für ihren zurückliegenden Herzinfarkt, von dem ich nicht einmal etwas mitkriegte, für ihren Schnupfen und für das Auto, das nicht ansprang.

Für mich bedeutete diese Entwicklung das bange Warten auf den Augenblick, in dem meine Großmutter meinen Eltern eröffnete, dass sie mich finanzierte, verbunden mit der Angst, dass sie sämtliche Zahlungen einstellte, weil einer von uns anders funktionierte als sie wollte. Am schlimmsten war jedoch der Gedanke, dass meine Familie, insbesondere mein Vater glauben könnte, ich hätte ihn hintergangen. Ob unsere Verbindung jenen Vertrauensbruch aushalten würde, bezweifelte ich. Bea hatte ich damals schlicht vergessen einzuweihen, ich hatte es mir vorgenommen und vergessen.

Doch meine Eltern erwähnten nichts, gar nichts, und die Schulgeldzahlungen liefen weiter. Laut Bea gab es ordentlich

Stress, allerdings nicht wegen mir, meine Großmutter hatte sich unmöglich benommen. Und jetzt sollte sie, in der Konsequenz, ausziehen, sah aber nicht die geringste Notwendigkeit. Mehr konnte Bea nicht aufschnappen.

51.

Ich bereitete mich auf meine Abschlussprüfung vor, und Bea leistete ihr freiwilliges soziales Jahr ab, das ihr anfangs nicht hundertprozentig zusagte. Sie ärgerte sich, dass man ihr nichts zutraute, sie nicht nach ihren Fähigkeiten beurteilte. Und zu Hause ärgerte sie sich, weil die Großmutter auf ihr herumhackte. Sie flüchtete sich entweder zu mir oder zu ihren Freundinnen, und sie besuchte ständig Seminare, um nicht zu Hause sein zu müssen. Vielleicht verschätzte ich mich da auch, Bea wollte vorankommen. Sie wollte nicht bummeln und verwarf kaum Angebote.

Bei einem dieser Seminare lernte sie Phillip kennen. Phillip war einige Jahre älter als sie und mit Leib und Seele Sozialarbeiter. Nachdem Bea ihn kennengelernt hatte, begegnete sie mir kaum noch allein. Ich gönnte ihr die Liebe, konnte es aber schwer schlucken. Ich fühlte mich meiner Schwester in einer Art und Weise verbunden, die ich nicht für möglich gehalten hätte, und jetzt musste ich meine Schwester teilen.

Phillip war ein toller Mann. Sie erzählte, dass sie nächtelang redeten, über dies und das, oder Probleme wälzten. Plötzlich arrangierte sie sich mit ihrem sozialen Jahr, beschloss mit behinderten Kindern zu arbeiten und startete ihre Ausbildung. Kurz darauf zog sie zu Phillip, sie hielt es zu Hause nicht mehr aus.

52.

Indes bestand ich meine Prüfungen und durfte mich offiziell Musical-Darstellerin nennen. Aber ich konnte mich nicht freuen, es war mir zu wenig. Ich wollte engagiert werden und nicht engagiert werden. Ich wollte mehr und hatte Angst davor. Ich wusste nicht, was ich machen sollte. Mir fehlte meine Musiklehrerin und mir fehlte Bea.

Wenn ich mehr wollte, musste ich an die Hochschule, Musik studieren. Ich musste mich entscheiden. Es war wie in einem Traum, wie in einem Spiel. Ich fühlte mich versunken zwischen dem, was ich hatte, und dem, was ich nicht hatte. Da war keine Zuversicht, kein Optimismus. Doch ich bewarb mich, fuhr zu den Aufnahmeprüfungen – und wurde aufgenommen. Echte Vorsätze hatte ich nicht, aber ich glaubte, jetzt fügte sich alles. Ich wechselte die Stadt, zum Pendeln war die Entfernung zu groß, das Geld vom Sparbuch brauchte ich auf und fing mit dem Studium an. Um mich zu finanzieren, tat ich es Simone gleich und meldete mich bei einer Agentur, die mir Jobs vermittelte.

Etwas später starb meine Großmutter. Ihr Tod berührte mich kaum. Das Konto war ohnehin leer und emotional hatte ich bis zuletzt keinen Draht zu ihr. Dagegen musste ihr Tod für Bea und meine Eltern eine Erleichterung gewesen sein.

Doch ich hatte meine eigenen Probleme. Das Studium lag mir nicht, was sich bald zeigte – ich konnte meine Wünsche nicht mit der Wirklichkeit in Einklang bringen. Und ich war allein. Für meine Eltern, meinen Vater als Ansprechpartner war ich zu alt geworden, enge Freunde waren rar und Bea lernte und genoss die Zeit mit Phillip. Der Alkohol war für mich längst wieder zum Seelentröster geworden. Trotzdem war ich in der Hochschule meist anwesend. Abends stand ich für die Miete und meinen Lebensunterhalt auf der Bühne – von den guten Auftritten erzählte ich, die miesen, von denen es eine Menge gab, vertuschte ich. Manchmal trat ein Mann in mein Leben, der wie die vorherigen im Nichts verschwand und worüber ich nicht böse war. Bloß das Glück schien nicht greifbar.

Die Semester plätscherten dahin und meine Unzufriedenheit wuchs. Mein Leben gefiel mir nicht. Tagsüber studierte ich und abends verdiente ich mit einer guten Stimme so wenig Geld, dass ich kaum zurechtkam und mehrmals umziehen musste, weil ich das Zimmer nicht bezahlen konnte. Die Frage, weshalb ich mich für dieses Studium entschieden hatte, konnte ich mir selbst nicht beantworten. Ich konnte nicht sagen, wem ich damit gefallen oder einen Gefallen tun wollte, mir zumindest tat ich keinen. Doch ich schaffte es nicht, einfach abzubrechen, ich wagte es nicht.

Wenn Bea und ich uns trafen, bluffte ich. Beas Welt war so heile, sie lebte mit Phillip zusammen und etablierte sich beruflich. Sie war im Endspurt ihrer Ausbildung und hatte die nächsten Schritte schon geplant. Ich fühlte mich ihr unterlegen, ich hatte eine Menge Zeit, Geld und Energie vergeudet. Mein gesamtes Leben war ein einziger Umweg, doch ich ließ nichts nach außen dringen. Bea sprühte vor Glück und ich suchte es immer noch.

53.

Über Nacht kam mir der Zufall zu Hilfe. In einem Musical-Ensemble war ein Darsteller ausgefallen und es musste kurzfristig Ersatz gefunden werden. Ich stellte mich für den Job vor, doch angeboten wurde mir ein ganz anderer, ein fester. Nun überschlugen sich die Ereignisse. Neben dem Ende des Studiums bedeutete das eine neue Stadt, das Kennenlernen neuer Leute und die Verbesserung meiner finanziellen Situation. Mir blieb fast keine Zeit zum Nachdenken, ich unterschrieb den Vertrag und gehörte von da an zum Ensemble.

Meine Eltern, Bea und Phillip lud ich zur ersten Aufführung ein, jene war ein Riesenerfolg. Ich konnte kaum glauben, dass ich die Musikhochschule abgebrochen hatte, und dass es richtig gewesen war. Meine Familie jubelte mit mir, vor allem mein Vater. Mir ging es zunehmend besser, ich gewöhnte mich an die Kollegen, an die Stadt, trank fast keinen Alkohol mehr und ich verliebte mich, obgleich ich diese Liebe nicht zu sehr beweihräucherte. Es war, als trudelte das Glück bei mir ein. Das Glück, von dem ich so lange geträumt hatte.

54.

Doch das Glück wollte nicht bleiben, es verlor sich wieder. Eines Tages rief Bea an: Unser Vater war tot. »Er hatte einen Herzinfarkt und ist in der Klinik verstorben«, sagte sie. Ich war sprachlos, damit hatte ich nicht gerechnet, damit hatte wohl niemand gerechnet. Bea wirkte gefasst, wobei sie noch nicht realisiert haben konnte, was passiert war. Sie war von der Sekretärin unseres Vaters informiert worden und sofort ins Krankenhaus gefahren. Aber es war zu spät, unsere Mutter kam ihr schon mit der schlechten Nachricht entgegen.

Woher Bea die Kraft nahm, uns alle anzurufen, sich um unsere Mutter und die notwendigen Formalitäten zu kümmern, war mir ein Rätsel. Zumal sie in einem Aufbaustudium steckte und den Kopf sicher nicht frei hatte. Das Verhältnis zwischen meiner Mutter und mir war wesentlich besser als früher, doch ich kriegte es nicht hin, ihr in dieser Situation beizustehen oder mich einzubringen – ich hatte genug mit mir zu tun. Inwieweit Theo sich einbrachte, konnte ich nur vermuten, und vermutlich wich er nicht von ihrer Seite, wies jeden in die Schranken, der ihr zu nahe kam.

55.

Während meine Mutter um ihren Mann und meine Geschwister um unseren Vater trauerten, stand ich auf der Bühne und hoffte, dass man mir nichts anmerkt. Ich war Profi und doch Mensch. Also suchte ich mir einen Arzt, der mir Medikamente verschrieb, um die Auftritte durchzuhalten. Von meiner Vorgeschichte erzählte ich ihm nichts. Sie interessierte ihn auch nicht, er fragte nicht danach.

Die Medikamente wirkten schnell und zuverlässig, sämtliche Angst und Anspannung lösten sich, selbst meine Traurigkeit reduzierte sich. Zwar schien alles weiter weg als sonst, aber ich machte meinen Job, wie es von mir erwartet wurde. Die Auftritte waren sauber – ich fühlte mich sicher, beinahe unantastbar.

Und durch die Beerdigung meines Vaters hangelte ich mich in einem Schwebezustand.

Mir war klar, dass ich die Medikamente nur vorübergehend einnehmen durfte und nicht dauerhaft, aber sie erleichterten vieles. Es war leicht, meine Mutter zu besuchen, die erdrückende Atmosphäre, ihren Schmerz, ihren Gram auszuhalten. Ich bot ihr an, etwas mit ihr zu unternehmen, oder ein paar Tage mit ihr wegzufahren, oder später, wenn sie mochte, zu den Vorstellungen zu kommen, doch sie lehnte ab. Sie wurde ungerecht und gemein. Ihre Äußerungen waren mitunter verletzend, aber ich hielt es aus.

Insgeheim war ich froh, dass Theo sie eingeladen hatte, mit ihnen in den Urlaub zu fahren. Sie liebte seine Tochter und fand dort vielleicht die Ablenkung, die sie brauchte, oder eine Aufgabe. Ich konnte ihr nicht geben, was sie sich wünschte. Und die Medikamente machten, dass sich das belangloser anfühlte.

56.

Bloß am Tod meines Vaters änderten die Medikamente nichts, er war schlicht nicht mehr da. Ich war traurig und einsam, und weil das so war, erhöhte ich die Dosis. An manchen Abenden flog ich regelrecht über die Bühne – ich war gut, aber das verdankte ich den Pillen, ausschließlich.

Die ersten Folgepackungen verschrieb mir der Arzt komplikationslos, ich musste nicht einmal zu ihm ins Sprechzimmer. Nachdem ein paar Wochen vergangen waren, wollte er mich sehen, um eine Weiterverordnung abzuklären. Wir redeten kurz und er sagte: »Ich kann ihnen nicht wochenlang Präparate verschreiben, ohne sie wenigstens gesehen zu haben.« Er fragte, wie es mir ging, meinte, dass ich neben den Pillen ein bisschen Ruhe benötigte, und schrieb mich krank. Doch statt zur Ruhe zu kommen, drehte sich mein Inneres nach außen, und das Chaos war perfekt. Plötzlich hatte ich Zeit zum Nachdenken und wurde von meinen Gedanken überrollt. Ich konnte nicht schlafen, nicht essen und mich nicht konzentrieren. Ich konnte gar nichts mehr und meine Ängste kehrten mit voller Wucht zurück. Wieder erhöhte ich die Dosis – und fühlte mich besser. Es war paradox. Im Ensemble durfte ich nicht länger fehlen, wenn ich meinen Job behalten wollte, den konnte ich aber nur mit ausreichend Pillen machen. Also holte ich mir neue Pillen und ließ mich gesundschreiben.

Mein Arzt hatte Geduld mit mir, erst nach einem halben Jahr sagte er: »Wir sollten die Medikamente absetzen. Ihnen müsste es besser gehen.« Es ging mir schlechter und ich konnte nicht mehr ohne, doch er war anderer Meinung. Er setzte die Medikamente ab und stieg auf ein sanftes Beruhigungsmittel um, das mir nicht half. Ich musste Unmengen Alkohol trinken, damit sich überhaupt eine Wirkung einstellte. Aber mein Arzt weigerte sich, er wollte nicht auf die bewährte Medikation zurück.

Die Auftritte ohne Pillen waren ein Fiasko, ich war dem Stress nicht gewachsen. Die neuen Pillen waren nichts gegen die alten, und betrunken konnte ich nicht arbeiten. Ich zitterte, und meine Angst steigerte sich, lähmte mich. Ich fühlte mich wie zerschlagen, wie mit dem Hammer in tausend Einzelteile zerschlagen. Ich traute mich nicht auf die Bühne und musste mich hinauszwingen. Meine Stimme war furchtbar, ich traf kaum die Töne, war zu langsam und meine Bewegungen unkoordiniert. Schließlich wurde ich verwarnt. Nur verwarnt, normalerweise bedeuteten derartige Vorfälle das Aus.

Dieses Aus musste ich unbedingt verhindern und suchte mir rasch einen anderen Arzt. »Mein Vater ist kürzlich verstorben und beruflich bin ich extrem unter Druck. Wir haben mehrere Vorstellungen am Tag«, erzählte ich ihm. Vom Alkohol, von der Vormedikation und der Dauer erwähnte ich nichts. Dieser Arzt war klasse, dachte ich zumindest damals, er verschrieb noch stärkere Medikamente als der letzte. Er verschrieb viel und lange – und ich schwebte wieder.

57.

Der Kontakt zu Bea und meiner Mutter war zu dieser Zeit ein reiner Telefonkontakt. Wir sprachen zwar häufiger miteinander, waren uns aber nicht nah. Ich mied Menschen, vor allem Bea und Phillip, ich hatte Angst, enttarnt zu werden. Und da Bea im Lernstress war, verschoben wir unsere nächste Begegnung stets nach vorne – ich verschob die Begegnungen nach vorne, mit der Begründung, dass sie sicher keine Zeit hatte, keine Zeit haben konnte.

Zu meiner Mutter fuhr ich gelegentlich, doch sie ahnte nichts. Ich bot ihr meine Hilfe an, obwohl oder weil ich wusste, dass sie sie nicht annehmen würde, und ich lud sie immer wieder ein, mitzukommen, obwohl ich wusste, dass sie nicht mitkommen würde. Ordentlich tief traf sie mich, als sie anklingen ließ, dass sie kein Interesse an meinen Aufführungen hatte. Ich fühlte mich in die Kindheit zurückversetzt und glaubte, sie hatte kein Interesse an mir. Ob das tatsächlich so war, blieb offen, aber ich hatte einen Grund gefunden, die Medikamente zu erhöhen und mehr zu trinken. Ich belog mich selbst und konnte es nicht sehen.

58.

Bea wurde stutzig, als sie mir von ihrem Examen erzählen wollte. Sie rief mich morgens an und ich lallte. Ich hatte einen Sekt getrunken, der wegen der Medikamente entsprechend wirkte, obwohl ich ihr gut folgen konnte. Am Telefon ließ Bea sich nichts anmerken, doch abends saß sie im Publikum – und erlebte mich einwandfrei funktionierend, vielleicht eine Nuance überdreht. Hinterher klebte am Garderobenspiegel ein Zettel von ihr: »Ich warte unten an der Hausecke auf dich, vor deiner Wohnung«. Das passte mir gar nicht, ich wollte nach der Vorstellung mit ein paar Leuten etwas trinken gehen – eine Kollegin feierte ihren Geburtstag. Innerlich wehrte ich mich, Bea zu treffen. Ich ahnte, dass es jetzt prekär wurde.

In meiner Wohnung sah es wüst aus, überall stapelten sich Zeitschriften, Noten, schmutzige T-Shirts und leere Pizza-Kartons, dazwischen lagen leere Dosen und Flaschen herum. Meine Gitarre lehnte am Tisch und auf der Heizung trockneten zwei Hosen. Gewischt und geputzt hatte ich seit Wochen nicht. Ich schaffte es nicht, meine gesamte Energie floss in meine Arbeit und in meinen Tabletten- und Alkoholkonsum. Mich trieb nichts anderes um, es gab nichts anderes mehr.

Niemand außer mir betrat meine Wohnung, ich öffnete niemandem. Ich hatte mich komplett von der Welt zurückgezogen, sodass auch niemand auf die Idee kam, mich zu besuchen. Beruflich behauptete ich mich, aber nur wegen der Pillen, ohne sie konnte ich nicht leben, nicht einen einzigen Tag überstehen. Der Alkohol tat sein Übriges. Mein Kopf, mein Denken wurden nicht klar, und falls doch, ging es mir schlecht. Mich plagten Übelkeit und Schwindel, meine Muskeln taten weh, ich war nervös, vergesslich und zerstreut. An freien Tagen blieb ich meist im Bett. Das Training und die Auftritte fielen mir zusehends schwerer, es war eine Frage der Zeit, bis ich versagte, bis mein Körper versagte – ich konnte mich nicht ewig verbergen. Ich war mittlerweile knapp dreißig und hatte ein dickes Problem, aber ich wollte es nicht wahrhaben.

59.

Und nun wartete Bea an der Hausecke und rauchte. Ich sah sie schon von Weitem und überlegte, was ich sagen sollte. Seit Stunden, schon während des Auftritts, suchte ich nach Worten, aber ich hatte keine. Ich wollte sie nicht in meine Wohnung lassen, am liebsten überhaupt nicht mit ihr reden. Ich schämte mich für meine Wohnung und für mich. Doch meine größte Sorge galt den Pillen und dem Alkohol, ich konnte nichts mehr beseitigen – und ich brauchte dringend etwas.

Bea sah mich um die Ecke biegen und drückte ihre Zigarette aus. Sie strahlte, ihr Gesicht schimmerte weich, postwendend entspannte sich die Lage. Wir umarmten uns, als wenn gar nichts wäre. Ich lachte verlegen, hoffte, dass sie mir nichts anmerkte. Und Bea schien mir nichts anzumerken, da waren keine Anzeichen, sie wollte ihr bestandenes Examen feiern.

Wir setzten uns in das Bistro am Ende der Straße, alles war wie sonst. Wir redeten, bestellten, aßen, tranken und verstanden uns. Bea erzählte, dass sie ihr berufliches Ziel erreicht hatte, und sie und Phillip sich ein Kind wünschten. Das rüttelte an mir, plötzlich fing ich an zu weinen. Inmitten guter Stimmung, Rotwein und Pizza, heulte ich los. Ich beneidete Bea. Ich war die Ältere von uns beiden und nicht annähernd so organisiert wie sie. Ich hatte kein Ziel vor Augen oder war auf einem guten Weg. Ich hatte nichts.

Bea wollte mich nicht verletzen, tat sie auch nicht, aber meine Haut war dünn geworden. Außerdem fehlten mir die Pillen, die mich noch einigermaßen schützten und hoch hielten. Ich war aufgerieben und müde, unfähig mich zu äußern. Ich wollte nach Hause, ich konnte nicht mehr.

Bea schloss sich mir an. Es war in Ordnung, ich hatte keine Kraft mehr. Und vielleicht wollte ich, dass es vorbei war, dass sie mir half. Ich rechnete mit allem, bereitete mich auf alles vor, auf nichts Konkretes und doch auf alles. Mir war egal, was geschehen würde, Hauptsache, es geschah etwas.

60.

Als wir in meiner Wohnung ankamen, schluckte Bea und räumte sich einen Platz frei. Ich fühlte mich träge, abwesend und anwesend zugleich. Sie zögerte, wollte, dass ich mich erklärte. Doch mir fehlten meine Pillen, ich mochte mich nicht erklären. Ich mochte nicht zugeben, dass ich die Pillen brauchte, um den Tag zu überstehen, um arbeiten und schlafen zu können. Obwohl ich nichts zugeben musste, es war offensichtlich.

Dann fragte Bea. Sie fragte und fragte. Sie fragte, seit wann das schon so ging, und ich zuckte mit den Schultern. Ich konnte nicht sagen, wann ich die Kontrolle über mich verloren hatte, seit wann die Pillen mich kontrollierten und der Alkohol. »Als unser Vater starb, musste ich auf der Bühne stehen, mich bewähren«, deutete ich an. Aber seit wann ich zu viel trank, konnte ich nicht sagen.

Bea hockte auf meiner zugemüllten Couch und schaute mich an. Ich konnte ihrem Tempo kaum folgen. Sie meinte es gut, das immerhin begriff ich. Sie wollte mich in eine Klinik haben, doch ob das wirklich in meinem Sinne war, bezweifelte ich. Ich hätte meinen Job verloren und mein Gesicht, ich hätte keine Zukunft mehr gehabt, aber wie sollte ich Bea das erklären, sie lebte ein anderes Leben.

Bea wollte mich erreichen, aber sie erreichte mich nicht. Ich hing fest in meiner Welt, einer Welt aus Musik, Bühne, Pillen und Alkohol. Sie hatte recht mit dem, was sie sagte, aber sie war meine kleine Schwester, mir fehlte der Respekt. Oder ich hatte Angst, den Boden zu verlieren, den Boden, den ich gar nicht hatte. Ich wollte, dass sie mir half und ließ es nicht zu, ich ließ sie nicht an mich heran. Bis sie Phillip anrief und ihn bat, herzukommen.

Und Phillip kam, zwei Stunden später war er da. Phillip war weniger überrascht als Bea. Für ihn waren Menschen wie ich, und Wohnungen wie meine, Alltag. Vor ihm hatte ich Respekt. Er war in meinem Alter und arbeitete seit Jahren mit Menschen, die aus verschiedenen Gründen vom Weg abgekommen waren oder jenen nicht gefunden hatten. Die Situation war mir peinlich, oberpeinlich, doch Bea und Phillip wussten nun Bescheid. Ich hatte Angst, dass bald jeder Bescheid wusste.

Sie meinten, dass ich es in der gewohnten Umgebung nicht schaffen würde. Und mit Sicherheit nicht allein schaffen würde. Aber soweit war ich noch nicht. Ich wollte ja nicht einmal eine Drogenberatungsstelle aufsuchen. Noch war ich davon überzeugt, dass mein Problem sich mit ein bisschen Disziplin wieder erledigte. Aber es erledigte sich nicht.

Phillip hielt es für schlau, mich für einige Zeit krankschreiben zu lassen, was im Klartext mindestens zwei Monate Ausfall bedeutete – und bei mir auf Protest stieß. Wenn ich dem zustimmte, hatte ich in diesem Ensemble keine Chance mehr, allenfalls in einem anderen, doch ich gehörte nicht zu den Jüngsten und ein Wiedereinstieg würde schwierig werden. Mit zwei Wochen hätte ich mich arrangieren können, aber mit mindestens zwei Monaten, konnte ich nicht planen. Dabei war logisch, dass es so nicht weitergehen konnte, dass ich etwas verändern musste. Ich erfüllte mein Pensum nur mühsam, jeder einzelne Tag, jedes Training, jeder Auftritt wurden zur Qual. Und sobald jemand mein Problem erfasste, hatte ich sowieso keine Chance mehr – nirgends mehr. Ich katapultierte mich in Kürze selbst hinaus.

Bea und Phillip drängten mich nicht, sie machten mir Angebote und ich konnte abwägen – sie wogen mit mir ab. Schließlich einigten wir uns darauf, dass wir meine Wohnung grob reinigten, meine Klamotten packten und ich am nächsten Morgen mit meinem Chef sprach, damit er sich um Ersatz für mich kümmern konnte. Bis ein Klinikplatz bewilligt war, wollten sie mich bei sich unterbringen.

61.

Das Gespräch mit meinem Chef gestaltete sich einfacher als gedacht. »Ich habe mir schon seit einiger Zeit Sorgen gemacht. Du hast ziemlich abgenommen und dein Drive, dein Esprit haben spürbar nachgelassen«, sagte er. Ich glaubte herauszuhören, dass er mich ohnehin ausgewechselt hätte – im selben Moment glaubte ich, dass er mein Problem kannte. Er kannte es nicht, konnte es nicht kennen, trotzdem fühlte ich mich durchschaut. Wir verblieben so, dass ich mich meldete, wenn es mir besser ging, und ahnten beide, dass ich mich nicht melden würde. Dennoch hatte ich die Notbremse gezogen.

62.

Während ich eine Tüte mit meinen Pillen vollstopfte, die Phillip mir gleich wieder abnahm, dachte ich an morgen, übermorgen und viel weiter. Ich sorgte mich, was werden würde, sorgte mich, den Anschluss an das Leben zu verpassen, das Leben als solches zu verpassen, und ich hatte keine Ahnung, wie ich mich demnächst finanzieren sollte.

Doch das waren beinahe zwergenhaft kleine Sorgen, verglichen mit dem, was darauf folgte. Ich krebste bei Bea und Phillip auf dem Sofa herum, schwitze, fror und behielt nichts bei mir. Ich wagte nicht, mich vom Sofa fortzubewegen, alles um mich herum drehte sich, versuchte mich zu erdrücken und ließ mich nicht denken. Mein Körper schmerzte, ich stank, litt und hasste mich und das Leben. Ich wollte meine Pillen und wurde wütend, aber Phillip und Bea blieben hart. Als ich glaubte, das Ärgste sei überstanden und ich könnte in meine Wohnung zurück, warf mich meine Angst um, sie streckte mich nieder, besiegte mich. Es gelang mir nicht, sie einzudämmen oder wegzuschieben. Sie verankerte und steigerte sich. Ich kriegte keine Luft, und je mehr ich danach rang, desto schlimmer wurde es.

Ich hätte an diesem Punkt aufgegeben und die Angst wieder mit den Pillen beseitigt. Dank Bea und Phillip kam es so weit nicht. Gleichwohl erschienen mir die wenigen Tage bei ihnen wie Wochen, und als ich endlich in die Klinik konnte, war ich heilfroh. Bloß waren die Tage bei Bea und Phillip erst der Anfang, und das hatten sie mir nicht verraten.

63.

Völlig naiv glaubte ich, dass man mir in der Klinik die notwendigen Medikamente verabreichen würde, um die Angst zu erleichtern, doch ich irrte mich gewaltig. Der für mich zuständige Arzt fragte: »Wollen sie von dem Zeug loskommen oder nicht? Falls nicht, steht ihnen der Weg nach draußen jederzeit offen«, fügte er hinzu. Es läge an mir zu verändern, nicht an ihm.

Mein erster Psychiatrie-Aufenthalt war gegen diesen ein Spaziergang. Der Bonus der Jugend war verschwunden, ich konnte mich meinen Problemen stellen oder eben nicht. Da war niemand mehr, der mich beschütze – und hier begann ich nachzudenken: Mir fehlte mein Vater. Ich hatte seinen Tod nicht verarbeitet und einiges darüber hinaus nicht. Und jetzt wurde ich gnadenlos mit mir und meiner Vergangenheit konfrontiert. Der Klinikalltag war beladen mit Regeln, mit Maßnahmen, die der Entspannung dienten, und mit Gesprächen, einzeln oder in der Gruppe. Die Gruppen waren interessant. Durch meine Mitpatienten fühlte ich mich an mich erinnert, ich war nicht mehr allein.

Weitaus intensiver und verkrampfter gestalteten sich die Einzelgespräche, sie unterschieden sich erheblich von denen, die ich kannte. Früher war es das Ziel, mich anzupassen, mich zu zähmen, doch das war überholt. Nun hieß es, mich auf die Suche zu begeben, auf die Suche nach mir selbst und den Ursachen meiner Sucht, die ich als solche überhaupt erst akzeptieren musste. Eine Suche nach den Wurzeln und wonach ich mich sehnte.

64.

Ich sehnte mich nach meiner Mutter, immer noch. Meine Mutter war das große Thema, das mich genauso an meine Grenzen brachte, wie es mich erleichterte. Mit einem Mal wurden Erinnerungen präsent, die Jahre, Jahrzehnte zurücklagen. Es war, als ob die Erinnerungen von damals mich erstickten, und je mehr ich mich gegen ihr Auftauchen wehrte, desto intensiver schoben sie sich an die Oberfläche – ich war meinen Erinnerungen ausgeliefert, und den Emotionen, die dazugehörten, die sich erfolgreich versteckt hatten.

65.

Die Ablehnung meiner Mutter beschäftigte mich von Kindesbeinen an. Ich hatte das grundsätzliche Gefühl, ihr im Weg zu sein. Für meine Mutter war ich Luft, ich existierte nicht. Wenn sie mich nicht sehen wollte, machte sie die Tür zu. Wenn sie mich nicht hören wollte, drehte sie sich um. Mitunter sprach sie tagelang nicht mit mir, sie ignorierte mich schlicht.

Meine Erinnerung setzt ein, als ich in den Kindergarten sollte. Sie lieferte mich dort ab und ging. Es war mein erster Tag, ich kannte niemanden und weinte. »Stell Dich nicht so an«, sagte sie und war weg. Der Kindergarten war nur ein Beispiel. Sie hatte offenbar nicht das Bedürfnis, mir Dinge zu erklären oder mich zu trösten. Irgendwann arrangierte ich mich mit ihrem Verhalten und erwartete nichts mehr. Stattdessen überlegte ich mir, was ich falsch machte, was ich tun musste, damit sie mich lieb hatte. Doch es war vergeblich, ihre Liebe galt meinem Bruder und meiner Schwester. Manchmal dachte ich mir etwas besonders Schönes aus, bastelte oder malte für sie, aber sie lachte nur.

Meine Oma, die Mutter meiner Mutter, und mein Vater glichen eine Menge aus, aber nicht alles. Als mein Vater mir eine Gitarre schenkte, womit er mir eine Riesenfreude bereitete, entlockte meiner Mutter das kein Augenzwinkern. Sie hatte kein Gefühl für mich übrig. Die Oma war meine wichtigste Bezugsperson. Sie war eine einfache Frau, unkompliziert und ehrlich im Denken. Sie liebte mich und ihre Liebe war bedingungslos. Sie gab mir, was sie geben konnte, nicht mehr und nicht weniger. Doch meiner Mutter gefiel das nicht. Ich bemerkte einen stillen Vorwurf, obwohl ich jenen nicht einordnen konnte. Häufig meinte ich, ich stahl ihr etwas.

Eines meiner schlimmsten Erlebnisse war, als ich von der Schule heimkam und die Oma mein »Hallo« aus der Küche nicht erwiderte. Ich war sieben oder acht, und spürte sofort, dass etwas passiert war. Mit dem Ranzen auf dem Rücken rannte ich zu ihr und fand sie unter Bergen von Zucker liegend, sie rührte sich nicht. Außer mir war niemand zu Hause – ich war wütend, weil meine Mutter nie da war, wenn ich sie brauchte, weil ich mich nicht auf sie verlassen konnte –, beruhigte mich aber relativ fix und rief den Notarzt, die Nummer klebte an der Pinnwand. Dann rief ich meinen Vater im Büro an und probierte die Oma vom Zucker zu befreien. Ich wusste nicht, was ich tun sollte, streichelte ihre Hände und ihr Gesicht, doch sie nahm mich nicht wahr.

Mein Vater traf noch vor dem Rettungswagen ein, er drückte mich fest an sich und lobte mich. Ich zitterte vor Angst. Ich hatte Angst, nicht alles richtig gemacht zu haben, nicht schnell genug gewesen zu sein. Und ich hatte Angst, dass meine Mutter glaubte, ich sei schuld an Omas Sturz. Sie machte oft die Schuld an mir fest. Sie beschuldigte mich sogar, dass ich als Baby herzkrank gewesen war und sie meinetwegen von dem, was sie ursprünglich wollte, abgehalten wurde. Ich war schon froh, dass sie mir meine Existenz nicht ankreidete – jedenfalls nicht konkret. Doch am Schlaganfall der Oma gab sie mir keine Schuld. Eher wirkte sie überrascht, sie hatte mich unterschätzt.

Der Schlaganfall zog üble Schäden nach sich, und als die Oma zur Pflege nach Hause genommen wurde, spitzte sich die Situation zu. Meine Mutter war völlig überfordert, jetzt war sie für alles zuständig und verantwortlich. Sie, die sich so gern aus allem heraushielt. Für Theo und Bea änderte sich nach Omas Ankunft fast nichts, nur für mich wurde es kritisch, für mich war niemand mehr da. Die Oma vegetierte in ihrem Pflegebett dahin und reagierte kaum, meine Mutter wurde wütend, wenn sie mich sah, und Theo verachtete mich. Ich fühlte mich so allein, dass ich mich ins Nirgendwo wünschte. Zudem hatte ich in der Schule Schwierigkeiten, ich war nicht bei der Sache und die Noten waren schlecht. Bei meinen Mitschülern zählte ich nicht, für sie war ich langweilig und blöd, und mich nervte ihr babyhaftes Getue. Dabei wollte ich dazugehören. Doch ich gehörte nicht dazu. Ich prügelte mich und siegte, aber es nütze nichts.

Als die Oma nach ein paar Jahren verstarb, geriet das Verhältnis zwischen meiner Mutter und mir endgültig aus dem Lot. Sie wurde laut, keifte mich an, und wenn sie keine Lust auf meine Gegenwart hatte, sich mit mir auseinanderzusetzen, beschimpfte sie mich und schlug mir ins Gesicht. In mir stauten sich Wut und Angst, ich fühlte mich grässlich, total unverstanden. Und schließlich begegneten mir Menschen, die mich verstanden, und mit ihnen Mittel, die mich meine Situation ertragen ließen.

66.

Es dauerte Wochen, bis ich in der Klinik wieder atmen konnte, bis meine Gedanken mich nicht mehr erstickten. Mein Aufenthalt wurde einmal verlängert, ich verfluchte sämtliche Therapien und Therapeuten, aber es ging mir besser. Der Blick nach vorne jedoch bereitete mir nach dem Zurücklassen der alten Angst gleich neue – und die konnte mir niemand nehmen. Ich hatte keine Ahnung, wie sich meine Zukunft gestalten sollte. Ich konnte nur sagen, dass ich mein Leben nicht auf Alkohol oder Tabletten bauen wollte, doch der Wunsch nach der Leichtigkeit war geblieben. Die Leichtigkeit, mit der ich mich selbst belog.

67.

Trotz intensiver Vorbereitungen waren die ersten Wochen nach der Entlassung die schwersten. Mir fehlte der Schutz der Klinik und mir fehlten die Leute, an die ich mich gewöhnt hatte. Ich überlegte ernsthaft, bei meiner Mutter einzuziehen, um nicht allein zu sein, vielleicht auch, um etwas nachzuholen. Aber ich musste selbstständig werden und lernen, meinem Leben, meinem Dasein einen Sinn zu geben.

Bea und Phillip boten mir ihr Sofa an, doch ich wollte in meine Wohnung zurück. Ich brauchte Zeit für mich. Ich musste mir einen Alltag formen, um neu durchzustarten. Bloß funktionierte das so einfach nicht. Der Druck von außen wuchs stetig und meine mitgebrachte, antrainierte innere Ruhe verflüchtigte sich bald. Meine alten Kontakte waren nicht mehr stimmig, meine Krankschreibung war zu Ende und ich brauchte dringend einen Job. In mir schmorte die Angst, in bekannte Muster zu rutschen und das bisschen Halt, das ich hatte, wieder zu verlieren. Ich bewarb mich, ohne davon überzeugt zu sein, und die Bewerbungen liefen ins Leere. Beinahe froh, nicht wieder auf die Bühne zu müssen, meldete ich mich arbeitslos.

Ich hatte mich verändert, was sich langsam zeigte, für mein Empfinden zu langsam. Das Vergangene war vergangen und die Zukunft noch nicht greifbar. Es stand alles auf Anfang und ich wusste nicht, wohin es gehen sollte. Indes wurde mein Bruder Theo zum zweiten Mal Vater, was nicht er mir sagte, sondern Bea, meine Mutter erwog umzuziehen, und Bea belastete ihr unerfüllter Kinderwunsch. Sie war so jung und hatte noch so viel Zeit, doch das konnte ich ihr nicht vermitteln.

68.

Nach einigen Monaten Arbeitslosigkeit und Abstinenz entschied ich mich, wieder in mein Musikstudium einzusteigen. Ich brauchte die Musik und vermutlich die Pause, um das zu erkennen. Ich war inzwischen einigermaßen reflektiert und verband mit dieser Entscheidung die Chance, an einem ganz anderen Ort von vorne zu beginnen. Mein Alter störte mich dabei kaum. Nur manchmal wurde ich unzufrieden oder hatte das Gefühl, etwas versäumt zu haben. Ich hatte allerhand versäumt, doch ich hatte gelernt, damit umzugehen, mich nicht ständig selbst zu Fall zu bringen. Also kümmerte ich mich um den Papierkram, beantragte einiges und kündigte meine Wohnung. Zuvor besprach ich mich mit meiner Mutter, die mir ihre finanzielle Unterstützung zusicherte, falls ich mit meinem Geld nicht zurechtkam. Ihr Angebot erstaunte mich, und es bestätigte mich.

Ich zog in das südlichste Bundesland, mietete mir dort eine hübsche kleine Wohnung im dritten Stock – über einer Kneipe, was man riechen konnte – und integrierte mich in den Hochschulalltag. Diesmal zweifelte ich nicht, weder an meinem Entschluss noch an meinem Weg. Ich fühlte mich wohl und konnte meinen früheren Studienabbruch bloß mit den damaligen Umständen und der Umgebung begründen. Doch der Grund lag bei mir, allein bei mir.

69.

Schon ein paar Wochen später hatte ich Kontakte geknüpft, mir einen Freundeskreis gesucht. Dazu gehörte auch Tobias. Tobias war Musiker in einem Orchester und echt um mich bemüht. Er rief häufig an und lud sich bei mir ein. Tobias lernte mit mir, begleitete meinen Gesang und engte mich mitunter ein, obgleich er mich bereicherte. Die Liebe allerdings, die sich bei ihm entwickelte und die er stets beteuerte, entwickelte sich bei mir nicht – zu wichtig waren mir das Studium und meine Freiheit. Und ich erzählte ihm meine Geschichte nicht, er erfuhr nichts von mir. Irgendwie vertraute ich ihm nicht. Trotzdem waren wir zusammen und unsere Beziehung festigte sich.

Ansonsten traf ich mich mit meinen Freunden, auf die Tobias nicht selten eifersüchtig war, und konzentrierte mich auf das Singen. Tabletten oder Alkohol waren Tabu, wobei ich die Gedanken daran und den Drang danach nicht abstellen konnte.

70.

Als das Ende des Studiums in Sicht war und die Prüfungen heranrückten, veränderte Tobias sich. Er wollte, dass ich nach dem Studium in seiner Nähe blieb, doch das konnte ich ihm nicht versprechen. Und je weniger ich ihm das versprechen konnte, desto konfuser machte er mich. Ich wollte ein Fest-Engagement als Opern- und Konzertsängerin bekommen, da musste ich flexibel sein. Doch Tobias war plötzlich der Meinung, dass meine Stimme, mein Talent und mein Durchhaltevermögen nicht genügten, um an größeren Häusern zu singen. Er fing an, mich zu erniedrigen, und verwendete gegen mich, was er finden konnte.

Es kostete mich fast die Prüfung, bis ich begriff, dass er ein Problem hatte, dass er das Problem war. Er machte mich klein und ich fühlte mich klein. Meine alte Unsicherheit gewann wieder überhand und ich kippelte verdächtig in die verkehrte Richtung, ehe ich mich an Bea und Phillip wandte. Und sie waren da, einfach da.

Eines Abends, Bea hatte gerade Tee nachgeschenkt, klopfte jemand hartnäckig an die Tür – es war Tobias. Er war mir gefolgt. Die Autofahrt hatte Stunden gedauert. Er war mir gefolgt, um mir eine Szene zu machen. »Unsere Privatangelegenheiten gehen deine Schwester und ihren Freund nichts an«, hielt er mir vor. Er wurde aggressiv, weil ich allein und obendrein an seinem freien Abend fortgefahren war. Ich war froh, gefahren zu sein, ab hier wurde mir vieles klarer.

Am nächsten Tag entschuldigte er sich: »Es hat Ärger im Orchester gegeben. Ich bin voller Hass gewesen.« Ich warnte mich vor ihm, zu sehr erinnerte mich das an Paul, dennoch erhoffte ich mir Besserung. Er beschwor seine Liebe und ich wollte nicht ohne ihn sein. Der Gedanke, ohne ihn zu sein, machte mir Angst.

Tobias war wie ausgewechselt, er beschenkte mich, redete mir gut zu und bemühte sich wieder. Es kehrte Ruhe ein, doch ich vertraute ihm nicht, nach wie vor nicht. Zwar erniedrigte er mich nicht mehr, er gab mir aber auch keinen Rückhalt, und Themen wie meinen Abschluss oder meine Zukunft sparte er aus. Ich konnte nicht erklären, weshalb ich nicht für mich sorgte und mich von ihm trennte.

Während der eigentlichen Prüfungsphase bekam ich Tobias nicht zu Gesicht. Ich schaffte es trotzdem und war überglücklich. Bea, Phillip und meine Freunde gratulierten mir, auch meine Mutter gratulierte und schickte Blumen, nur Tobias rührte sich nicht.

71.

Und dann geschah etwas Komisches. Ich erhielt ein Fest-Engagement und einen Gastvertrag, beides auswärts. Da wäre es günstig gewesen, umzuziehen, doch ich blieb, ich wartete ab. Tobias rührte sich noch immer nicht, und ich nutzte die Zeit. Ich besuchte, bis die Saison begann, ein paar Bekannte, Bea und Phillip, und meine Mutter.

Meine Mutter wollte demnächst das Haus verkaufen, so war es für mich ein endgültiger Abschied von zu Hause. Die Tage bei ihr waren schön, sie war sanftmütiger geworden und ich reifer. Wir rückten zusammen, näherten uns weiter an. Es war mein erster längerer Besuch bei ihr, seit ich ausgezogen war – und es sollte mein letzter längerer Besuch bei ihr gewesen sein.

Sie erkundigte sich nach mir, nach meinem Leben, und ich erzählte ihr von den Engagements und von Tobias. Ich schüttete ihr mein Herz aus und fragte sie um Rat. Meinen beruflichen Weg kannte ich, die Beziehung zu Tobias allerdings zehrte an mir, ich konnte sein Verhalten nicht deuten. Ich wollte hören, dass ich an ihm festhalten sollte. Doch sie sagte nicht, was ich hören wollte. Sie sagte: »Er tut dir nicht gut«, und riet mir, mich auf mich zu konzentrieren, von ihm abzulassen.

Zum Abschied umarmte sie mich, was sie noch nie getan hatte. Mit einer Menge guter Anregungen im Gepäck und guten Gedanken an meine Mutter, fuhr ich zurück. Ich war froh, dass ich ein paar Tage mit ihr verbracht hatte.

72.

Als ich den Wagen geparkt hatte und die Haustür aufschloss, wunderte ich mich. Im gesamten Treppenhaus waren frische

Rosenblätter verstreut. Als ich meine Wohnungstür erreichte, thronten auf einem Tischchen davor ein riesiger Rosenstrauß und eine Flasche Sekt, an der eine Karte lehnte. Auf der Karte stand mein Name, und innen stand geschrieben: Für immer Dein. Nachdem Tobias sich wochenlang nicht gemeldet hatte, machte er mir eine solche Liebeserklärung. Ich war überwältigt, doch ich unternahm nichts. Ich fegte das Treppenhaus, packte meine Tasche aus und legte mich hin.

Mitten in der Nacht klingelte das Telefon. Es war Tobias, der sich sorgte, weil ich nicht angerufen hatte. »„ und habe ich dir das richtige Geschenk gemacht?« erkundigte er sich. Ich bejahte das, bloß reden mochte ich nicht, am nächsten Morgen waren die ersten Proben angesetzt und ich wollte ausgeschlafen sein, zumal ich ein ganzes Stück fahren musste. Aber Tobias interessierte das nicht, und kurz darauf hämmerte er wütend gegen meine Wohnungstür. Angst stieg in mir hoch, eine Angst, die mir bekannt vorkam. Ich ließ Tobias nicht hinein, was ihn noch wütender machte. Er drohte die Tür einzuschlagen, wenn ich ihm nicht öffnete. Ich konnte die Tür nicht öffnen, ich war wie erstarrt. Tobias machte Krach, bis ein Nachbar brüllte: »Ich rufe die Polizei, wenn du dich nicht verpisst«. Tobias verpisste sich – mir war nicht klar, zu was er fähig sein würde, aber ich ahnte, dass das bestimmt nicht alles gewesen war.

Die Proben liefen miserabel, ich war mit meinem Kopf woanders und patzte. Die neuen Kollegen waren nett, doch ich konnte mich auf sie nicht einlassen. Ich wollte weg und konnte nicht. Als der Tag vorbei war und ich nach Hause wollte, klemmte unter meinem Scheibenwischer eine Rose. Mein Herz klopfte bis zum Hals, ich zitterte und wusste, dass ich die Beziehung zu Tobias sofort beenden musste. Im Grunde war sie seit der letzten Nacht beendet, doch für Tobias nicht.

Ich fuhr direkt zu Tobias´ Wohnung, wo ich ihn nicht antraf. Aufgewühlt und erleichtert machte ich mich auf den Heimweg. Ich sprach auf seinen Anrufbeantworter und bat ihn um Rückruf, aber er rief nicht zurück. Schließlich schrieb ich ihm einen Brief, in dem ich mich für die gemeinsame Zeit bedankte und unsere Beziehung offiziell beendete – und die Situation eskalierte. Ab diesem Moment terrorisierte er mich.

73.

Er rief mich nachts unzählige Male an, klingelte an der Tür und verschwand, oder warf Steine an mein Fenster. Er parkte sein Auto in meiner Straße und leuchtete mich an, sobald er mich entdeckte. Auf der Autobahn raste er mir hinterher und machte Lichthupe, und immer wieder fand ich Rosen und Liebesschwüre. Doch das war vergleichsweise harmlos.

An manchen Tagen lauerte er mir nach den Proben auf oder nach der Vorstellung und bedrängte mich. »Du hast kein Recht, mich abzuweisen. Du bist ohne mich nicht lebensfähig«, schrie er mich an. Oder er verdrehte die Tatsachen und unterstellte mir, dass ich ihn belästigte. Jedenfalls garantierte er mir, dass ich ohne ihn keinen Fuß mehr auf den Boden kriegte, da ich ja vollkommen unselbstständig sei.

Meine Freunde rief er nacheinander an und erzählte ihnen, wie unmöglich ich sei, welche Geschichten er sich ausdachte, erfuhr ich nicht – Tobias war glaubwürdig und überzeugte, meine Freunde entfernten sich von mir. Anfangs sahen sie mich komisch an und wichen mir aus, später ließen sie sich verleugnen. Wenn Tobias mich mit jemandem auf der Straße sah, egal mit wem, mischte er sich ein, behauptete Dubiosestes und vergraulte die Leute. Er wollte nicht, dass ich andere Kontakte hatte. Doch ich setzte mich zur Wehr, auf meine Weise. In meinem Leben war zu viel passiert. Zu viel, um ihn gewähren zu lassen.

So kam ich ihm bei meinen Kollegen zuvor, was ihn maßlos ärgerte. Nach wiederholt verpatzten Proben weihte ich meine Kollegen ein. Ich sprach über die inzwischen beendete Beziehung. »Ich habe den richtigen Zeitpunkt verpasst, mich von ihm zu trennen«, gab ich zu. Und ich sprach von Stalking. Endlich definierte ich sein krankes Verhalten.

Die Gefahr, die von ihm ausströmte, verdrängte ich. Ich verdrängte und sang mir die Seele aus dem Leib, doch Tobias ließ nicht locker. Zuweilen stand er vor meiner Wohnungstür und ich spürte, dass er dort stand, nur tun konnte ich nichts. Die Angst vor ihm war unbeschreiblich. Aber ich wollte nicht darüber nachdenken, was er mir antun konnte, und vielleicht war es mir egal. Ich hatte schon zu oft verloren.

74.

Schlimm waren die Momente, in denen es still wurde. Ich erwartete permanent die nächste Attacke. Meine Freunde hatten sich allesamt von mir abgewendet und eigentlich hielt mich dort nichts mehr, doch ich traute mich nicht zu gehen. Ich wagte nicht zu gehen, um Tobias nicht zu reizen, nicht anzufachen. Sein Verhalten trieb mich in die Einsamkeit, in die Einsamkeit von einst. Ich isolierte mich und lebte in ständiger Angst. Und wenn er wieder an die Tür hämmerte, mich anrief und auflegte, oder nicht auflegte und mich bedrohte, hielt ich es kaum aus. Ich wollte ihn nicht siegen lassen, doch meine Kraft schwand. Es zermürbte mich, er zermürbte mich, und ich verlor zusehends den Halt. Ich trank auch gelegentlich, aber das half mir nicht weiter.

Als er mich eines Abends nach der Vorstellung fast überfuhr, schaltete ich die Polizei ein. Jene allerdings konnte nichts tun, ihnen waren die Hände gebunden. Immerhin konnte per Gerichtsbeschluss erwirkt werden, dass er sich mir nur auf einen gewissen Abstand nähern durfte. Doch ihn scherte das nicht, und mir fehlten die Zeugen. Zudem agierte er über Dritte, über Fremde, die plötzlich vor mir standen, um mir Angst einzujagen, aber ich konnte ihm nichts nachweisen.

Den Kontakt zu Bea und meiner Mutter reduzierte ich, ich wollte sie da nicht hineinziehen – Tobias war unberechenbar.

Gleichwohl wussten sie Bescheid, bloß helfen konnten sie mir nicht. Und ich war Bea und meiner Mutter keine Hilfe. Bea nicht, die unbedingt schwanger werden wollte und nicht wurde, und meiner Mutter nicht, die sich nach langem Hin und Her eine Eigentumswohnung gekauft hatte und ihren Umzug wahrmachte.

75.

Meine Kollegen waren aufmerksam, sie interessierten sich und boten mir an, bei ihnen zu übernachten. Doch ich lehnte ab, ich wollte nichts riskieren. Ich durchdachte jeden meiner Schritte, ich überließ nichts dem Zufall. Ich erkundigte mich, wann Tobias´ Proben stattfanden und wann die Konzerte, und wenn ich sicher war, ihm nicht zu begegnen, erledigte ich meine Angelegenheiten. Mich dominierte meine Angst, und es gab Phasen, in denen ich am liebsten aufgegeben hätte – es vermutlich auch getan hätte, wenn meine Vergangenheit eine andere gewesen wäre. Erst als mein Alkoholkonsum wieder anstieg und ich beinahe erneut die Kontrolle über mich verlor, fasste ich den Mut, die Stadt zu verlassen. Ich hoffte, dass nichts nach außen drang, weder mein Auszug noch der Verkauf meines klapprigen, roten Autos. Niemandem aus meinem Umfeld erzählte ich etwas, nur Bea, Phillip und meine Mutter waren informiert.

Ich wünschte mir Frieden und konnte nicht glauben, dass dieser tatsächlich eintrat. Stets rechnete ich damit, dass Tobias mich aufspürte und alles von vorne begann, dass er mich ruinierte, zerstörte oder dafür sorgte, dass ich mich selbst vernichtete. Doch von Tobias sah und hörte ich nichts mehr, er war schlagartig aus meinem Leben verschwunden. Trotzdem hatte ich noch oft das Gefühl, beobachtet und ausspioniert zu werden. Ich traute dem Frieden nicht. Ich misstraute Tobias.

Hinter jeder Ecke, hinter jedem Menschen, vermutete ich Böses. Hinter jedem Auto witterte ich eine Gefahr, ich beobachtete die Kennzeichen und das Fahrverhalten, mied Straßen und konnte nicht abschalten. Nachts schreckte ich hoch, weil ich schlecht geträumt hatte oder glaubte, Geräusche zu hören. Ich schwitzte, sobald ich mich in größeren Menschenmengen befand oder jemand auf mich zulief.

Und ich hatte Angst, Menschen kennenzulernen. Ich wagte mich überhaupt nicht aus der Wohnung. Es verstrichen Monate, in denen ich probierte, keine Spuren zu hinterlassen. Monate, in denen ich mich isolierte und betrank, um mich und meine Angst zu ertragen. Daneben erfüllte ich meine Verträge, fuhr zu den Proben und Auftritten, das Singen erleichterte mich kurzfristig. Doch der Alkohol und der Stress taten meiner Stimme nicht gut, und die Quittung folgte prompt – meine Stimmbänder versagten.

76.

Die Diagnose lautete: Stimmbandknötchen. Das bedeutete zwangsläufig eine Auszeit – und eine Zeit des Nachdenkens. Augenblicklich verwandelte sich meine Angst. Ich hatte Angst, meine Stimme zu verlieren, die Stimme, die meine Existenz ausmachte. Die Saison war für mich beendet und inwieweit meine Engagements bestehen blieben, hing von der Dauer meiner Genesung ab.

Die Ärzte verordneten mir Schweigen, ich sollte möglichst wenig sprechen. Also fuhr ich ans Meer, suchte die Ruhe. Ich musste die Ereignisse der letzten Monate und Jahre verdauen. Ich hatte nicht gelebt, ich hatte überlebt, Tobias und einiges mehr überlebt. Meine Gedanken hatten sich im Kreis gedreht, zu lange im Kreis gedreht. Nach ein paar Wochen Meer, meine Stimme erholte sich allmählich, besuchte Bea mich. In ihrer Beziehung kriselte es, sie meinte festzustecken, während für Phillip alles prima war. Bea war nachdenklich geworden, sie wirkte deprimiert und betrübt. Das Wasser und der Wind taten uns beiden gut. Bea entspannte sich offensichtlich und meine Stimme wurde merklich besser. Tobias rückte in den Hintergrund und den Alkohol brauchte ich nicht mehr – ich hatte Glück gehabt, es gerade noch allein herausgeschafft.

Parallel wurde Bea krank. Sie hatte ein Dutzend Erklärungen für ihre Übelkeit, nur auf die Idee, schwanger zu sein, kam sie nicht. Sie hatte diese Eventualität so weit fortgeschoben, dass sie daran gar nicht dachte. Und ich war fast dankbar über ihre Unbeholfenheit – sie wurde wieder meine kleine Schwester, die auch nicht perfekt war.

Zum Abschied besorgte ich ihr einen Schwangerschaftstest. Der war positiv. Bea wurde Mutter. Postwendend veränderte sich ihre Stimmung, sämtliche Trübseligkeit war wie weggepustet und sie lachte, wie ich es zuletzt kaum noch gehört hatte. Indes musste ich mir eingestehen, dass mein Lebensentwurf ein völlig anderer war.

77.

Auf dem Heimweg beschloss ich, nochmals die Stadt zu wechseln, ich wünschte mir einen normalen Alltag. Ich wollte die Angst hinter mir lassen, dass Tobias mich irgendwann ausfindig machte und hoffte, wieder Spuren zu verwischen. Er konnte mich jederzeit und überall ausfindig machen. Doch ich wollte Normalität.

Meine Stimmbänder gesundeten, langsam, aber sie gesundeten. Und ich erhielt die Maßgabe, ebenso langsam mit dem Singen zu beginnen. Das hieß, dass das Fest-Engagement nicht bestehen blieb, und gleichzeitig Freiheit, weil ich häufig unterwegs sein konnte. Zum einen verringerte sich damit die Gefahr, dass Tobias mir auflauerte. Zum anderen konnte ich mich auf meine Stimme fokussieren, mich um ein privates Gesangsstudium kümmern und mein Repertoire vergrößern. Ich hatte einen Plan, vielleicht zum ersten Mal in meinem Leben hatte ich einen Plan.

78.

Mein neuer Wohnort, und das war ausschlaggebend, war von der Verkehrsanbindung optimal – nur eineinhalb Autostunden von Bea und Phillip und meiner Mutter entfernt, dafür vier Stunden von Tobias. Die Wohnung, die ich nun auswählte, lag im Dachgeschoss eines Altbaus. Ich hatte einen weiten Blick auf die Stadt und die Landschaft. In ihr wollte ich bleiben. Ich sehnte mich nach einem echten Zuhause, nach einem Ort, der mir ausreichend Sicherheit bot, und diese Wohnung bot mir das.

Meine Möbel, die durch die vielen Transporte ziemlich ramponiert waren, passten wunderbar hinein und machten sie umso gemütlicher, auch mein dunkler Tisch, an dem ich so oft gesessen hatte, der mich von Anfang an begleitete, kam zur Geltung. Viel wichtiger aber war, dass ich aufhören konnte wegzulaufen, vor Tobias und vor mir selbst, dazu fehlte die Zeit. Ich musste meine Energie auf meine berufliche Entwicklung lenken, falls ich nicht scheitern und doch meinen eigenen Zerfall erleben wollte. Die Voraussetzungen waren günstig. Ich konnte es schaffen.

79.

Ein ganz neuer und schöner Abschnitt meines Lebens begann. Während ich mich an die Umgebung, die Menschen und das private Gesangsstudium gewöhnte, mich um Engagements bemühte, und nach und nach die Geschehnisse der letzten Jahre sacken lassen konnte, wartete Bea auf die Ankunft ihres Babys. Ich hielt oft bei ihr und Phillip an, wenn ich zu Vorstellungen unterwegs war. Bea strahlte jedes Mal ein bisschen mehr, sie war so glücklich, dass sie Mutter werden durfte.

Auch bei meiner Mutter hielt ich sporadisch an, sie war in ein anderes Viertel gezogen und orientierte sich sehr an Theo und seiner Familie. Meine Schwägerin arbeitete wieder und meine Mutter betreute die Mädchen, sobald es Engpässe gab – und die schien es täglich zu geben. Unser Mutter-Tochter-Verhältnis hatte sich eingependelt. Sie fragte nach mir oder erzählte mir von ihrem Tag. Mir ging es gut. Ich hatte das Gefühl, einen Platz gefunden zu haben in diesem Leben, und im Leben zu sein. Wobei ich mich noch nicht angekommen fühlte.

80.

Bea gebar einen gesunden Jungen, der gleich mit wachen Augen die Welt erkundete. Dieses Kind war der größte Wunsch, der sich ihr erfüllte. »Einen schöneren Sinn kann ich meinem Leben nicht geben«, sagte sie. Und Ankommen wolle sie niemals. Ich verstand sie, doch ich maß diesem Wort ein anderes Gewicht bei. Meine Mutter war begeistert von ihrem dritten Enkelkind und natürlich sah sie Bea in ihm. Bea blieb gelassen, sie schmunzelte und gönnte ihr die Freude. Theos Reaktion kannte ich nicht.

81.

Die Wochen und Monate liefen dahin, es bewegte sich nichts und doch viel. Wenn ich keine Vorstellungen hatte und entschleunigen wollte, war ich am liebsten allein und verkroch mich in meine Wohnung. Ich brauchte das, um aufzutanken.

Seit Tobias lösten Menschen bei mir Phobien aus. Ich hatte zwar ein paar Leute, mit denen ich ab und zu Zeit verbrachte, doch echte Freundschaften waren das nicht. Ich machte das meiste mit mir aus, oder redete mit Bea und Phillip. Das konnte so nicht bleiben, doch ich war vorsichtig. Drum nahm ich den Mann, der regelmäßig im Publikum saß und applaudierte, nicht wahr. Er fuhr jedes Mal etliche Kilometer, um mich zu hören, und ich sah ihn nicht. Es war Marek, der die Musik mochte und sich in den Kopf gesetzt hatte, mich kennenzulernen. Zum Glück bemerkte ich ihn nicht, sein Verhalten hätte mich erinnert und in Panik versetzt. Dann sprach er mich an. Er kam mit Blumen, doch ich beachtete ihn nicht. Ich bedankte mich oberflächlich und wendete mich meinen Kollegen zu. Das Grinsen der Kollegen war offensichtlich, aber ich kapierte nichts, und Marek blitzte eiskalt ab.

Aber Marek war tapfer, er reiste zum nächsten Konzert. Als ich ihn erkannte, schwankte ich zwischen einem positiven Gefühl und der Angst vor Wiederholung. So entwischte ich durch den Hinterausgang, bevor er mich zu fassen kriegte. Meine Theorie war, dass er mir folgen würde, wenn er Böses wollte. Klatschnass saß ich in meinem Auto und wartete, was passierte. Aber es passierte nichts, Marek folgte mir nicht und er verfolgte mich nicht, und es dauerte eine Ewigkeit, bis ich das verinnerlicht hatte. Ich war ständig auf der Hut.

Marek hörte sich viele Konzerte an, nicht alle, aber die, die ihn interessierten. Immer brachte er mir Blumen mit, seltsamerweise nie Rosen, und ich schlich mich fort. Bis es ihm eines Tages zu dumm wurde und er mich vor dem Konzert abpasste. Er wollte sich mit mir verabreden – das Leben konnte ganz einfach sein. Doch an ein einfaches Leben glaubte ich genauso wenig, wie ich mir ein solches wünschte.

Marek war nett, ich mochte ihn, trotzdem wehrte ich mich gegen ihn und gab ihm einen Korb. Ich bat ihn, mir Zeit zu lassen, aber das klang unehrlich. Er distanzierte sich von mir, weil ich es wollte. Doch eigentlich wollte ich es nicht. Es war absurd, total verrückt.

82.

Er kam nicht mehr zu den Konzerten und suchte keinen Kontakt mehr. Meine Augen wanderten durch die Reihen, aber er war nicht da, und mit jedem Konzert vermisste ich ihn ein bisschen mehr. Mein Kopf probierte ihn zu vergessen, doch mein Herz fügte sich nicht.

Schließlich überwand ich mich und wurde aktiv – seine Adresse kannte ich ja von den Grußkärtchen, obgleich ich die Blumen konsequent entsorgt hatte. Nur den Mut, mich bei ihm zu melden, brachte ich nicht auf. Stattdessen fuhr ich zu ihm und schaute mir an, wo er wohnte, wie er wohnte. Er war Architekt. Seine Wohnung lag im dritten Stock und sein Büro im Erdgeschoss desselben Hauses, beides unscheinbar. Ich fuhr öfter dorthin, bis ich ihn anrief, ihn anrufen konnte.

Marek war überrascht, dennoch war es, als ob er darauf gewartet hätte. Wir telefonierten an jenem Abend knapp zwei Stunden, an den kommenden nicht kürzer, ehe wir uns verabredeten. Er hielt den Abstand ein, den ich brauchte, den ich vorgab, und er begegnete mir trotzdem vorbehaltlos. Ich konnte das nicht. Ich konnte Marek nichts von mir erzählen, obwohl ich es wollte. Wir trafen uns und er wusste nichts von mir, nicht einmal meine Adresse. Ich mochte ihn sehr und konnte mich nicht öffnen. Ich war wie eingeschlossen, wie zugemauert. Ich führte etliche Gespräche mit Bea und Phillip, hoffte, dass sie mir sagten, was ich tun sollte. Doch sie sagten mir nichts. Dafür schlug Phillip ein Essen zu viert vor – und da kriegte ich den Bogen.

83.

Ich reservierte uns einen Tisch beim Thailänder und war aufgeregt wie ein Kind. Marek war überpünktlich, er sah toll aus. Seine welligen Haare stießen auf den Hemdkragen, was ihn fast frech wirken ließ. Wir saßen schon eine halbe Stunde beisammen, bis Bea und Phillip einen Parkplatz und uns gefunden hatten. Ihren Junior hatten sie zu meiner Mutter gebracht.

Das Eis schmolz schnell. Die Stimmung war angenehm und gelöst, wir unterhielten uns bestens. Es war ein wunderbarer Abend. Und als Bea und Phillip sich kurz nach Mitternacht verabschiedeten, hatte sich etwas verändert.

84.

Marek und ich kamen uns von da an mit jedem Tag, mit jeder Stunde näher. Unsere Beziehung entwickelte sich und ich lernte Liebe zuzulassen. Auch wenn sein Leben anders verlaufen war als meins, einfacher, und er mich mitunter nur schwer nachvollziehen konnte. Von meiner Geschichte erfuhr er Stück für Stück. Und zuweilen stand sie zwischen uns, sie war ein Reibungspunkt, der Reibungspunkt. Dann brauchte ich Raum und Zeit für mich.

So wollten wir uns möglichst oft sehen, ohne uns zu erdrücken. Ich wollte, dass wir unsere Wohnungen behielten und eine Fernbeziehung führten – die Strecke war nicht allzu groß. Marek akzeptierte das. Wir stellten uns aufeinander ein, wir liebten uns, und manchmal vergingen die Sekunden wie im Flug und manchmal dauerten sie eine Ewigkeit. Ganz allmählich wuchsen wir zusammen.

85.

Die Beziehung zu Marek und mein Beruf füllten mich voll aus, beides wurde tatsächlich lebbare Normalität. Ich war angekommen, hoffte, dass unsere Liebe Bestand hatte und mein Gefühl blieb. Doch plötzlich geriet diese, meine Normalität aus den Fugen. Ich wurde schwanger und stellte alles infrage. Wir hatten nichts geplant. Und ich empfand mich, mit Mitte dreißig, fast zu alt für ein Kind. Ich war nicht mehr so flexibel und konnte mich mit Neuem kaum arrangieren. Ich fürchtete, es nicht zu schaffen, alles zu verlieren. Ich hatte Angst, dass Marek mich verließ, und suchte tausend Gründe dafür. Ich quälte mich selbst und stieß Marek tagelang weg. Erst als unsere Beziehung kaputtzugehen drohte, weihte ich ihn ein.

Doch Marek reagierte völlig anders, als ich erwartet hatte. Seine Freude war riesig. »Du kannst mir kein schöneres Geschenk machen«, sagte er. Und dass er nicht gewagt hätte, den Wunsch nach einem Kind zu äußern. Mehr noch, eine Beziehung ohne ein Kind wäre für ihn auf Dauer nicht denkbar gewesen. Das hatte ich nicht geahnt. Ich hatte nicht geahnt, dass er unsere Zukunft von einem Kind abhängig machte – und ich war mit ihm zusammen. Wir redeten miteinander und hörten uns nicht. Ich musste nachdenken, unsere Beziehung überdenken, sie bekam kurzfristig einen Knacks.

Marek hingegen musste nichts überdenken, er wollte sofort Nägel mit Köpfen machen, unsere Beziehung täglich leben und nicht mehr fahren müssen. Er wollte sich mit mir auf das Kind vorbereiten, gemeinsam. Aber ich brauchte Zeit, um zu sortieren, mich und unsere Partnerschaft, Zeit, die Schwangerschaft zu begreifen und jene in mein Leben fügen. Das konnte ich bloß allein. Marek spürte, dass er mich verlieren würde, wenn er mich jetzt unter Druck setzte. Ich hockte tagelang in meinem kleinen Wohnzimmer, grübelte und wägte ab. Darauf folgten zahllose Diskussionen, bis wir wieder zueinander fanden.

86.

Der Kompromiss war schließlich eine gemeinsame Wohnung mit ausreichend Rückzugsmöglichkeiten für uns beide. Wir schauten uns in der Nähe von Mareks Büro um – ich musste beruflich ja ohnehin fahren. Die entsprechende Wohnung war bald gefunden. Doch ich haderte, konnte mein altes Leben, mein altes Zuhause nicht loslassen.

Gleichwohl, kurz vor meinem 36. Geburtstag zogen wir um. Ich war im fünften Monat schwanger und mir war alles zu viel. Bea und Phillip halfen uns, aber sie bemerkten nichts, meine Klamotten kaschierten das Bäuchlein noch. Wir packten die restlichen Kartons und entrümpelten die Wohnungen. Marek, Bea und Phillip schleppten unser Hab und Gut treppauf, treppab, während ich versuchte, mit einem weiteren Stück Vergangenheit abzuschließen – und mich von meinen ramponierten

Möbeln trennte. Es war, als ob der Tag nicht real war, als ob eine Wand mich von allem fernhielt. Ich war froh, als es Abend wurde und das Gröbste erledigt war.

87.

In den nächsten Tagen richteten Marek und ich uns ein, wir organisierten uns miteinander. Und wir verschickten Einladungskarten für meinen Geburtstag. Ich wünschte mir, dass Marek meine Familie kennenlernte, insbesondere meine Mutter. Zu Theo hatte ich seit Jahren keinen Kontakt, aber er war mein Bruder und gehörte dazu, inklusive seiner Frau und seinen beiden Töchtern. Und natürlich Bea und Phillip samt Junior. Bei meiner Mutter hoffte ich sehr, dass sie zusagte. Bei meinem Bruder war es mir nahezu egal. Doch es meldeten sich alle an oder ließen sich anmelden.

88.

Und nun lehne ich an meinem dunklen Tisch. Mein Blick wandert zwischen dem Fenster zur Straße und dem bunten Kaffeegeschirr hin und her. Marek ist noch im Büro, er weiß, wie wichtig mir der heutige Tag ist, wie sehr ich mich freue, dass meine Mutter kommt. Sie wird zum vierten Mal Oma und ich möchte ihr das so gern erzählen. Sie bringt Erdbeerkuchen mit, meinen Lieblingskuchen. »Für die Sahne musst du selber sorgen«, sagte sie. Wir mussten beide lachen, weil ich längst darauf verzichtete. Doch heute nicht. Heute steht die Sahne neben der Torte und den Waffeln, die ich gebacken habe.

Bea bringt Schokoladenkuchen mit – für die Kinder. Bea liebt Kinder und ich bin froh, dass mein Kind eine solche Tante haben wird. Ihr Sohn ist mittlerweile im Kindergarten, und sie arbeitet wieder, trotzdem gelingt es ihr, meine Mutter größtenteils herauszuhalten. Theo bringt, abgesehen von seiner Familie, nichts mit. Er hat nicht auf die Einladung geantwortet, er hat meine Mutter zusagen lassen. Auch seine Frau ist nicht auf die Idee gekommen, sich zu melden oder nachzufragen, ob etwas fehlt. Theos Töchter habe ich höchstens dreimal gesehen, auf der Straße würde ich sie gar nicht erkennen.

89.

Als es endlich an der Tür klingelt, bin ich furchtbar nervös. Es sind Bea und Phillip, mit Junior und Kuchen. Beinahe zeitgleich taucht Marek auf, mit einer Schmuckschatulle in der Hand, die ich nicht sehen soll und die schnell in seiner Hosentasche verschwindet. Ich sehe nichts und wende mich Bea zu. Sie schaut kurz auf meinen Bauch und lächelt, sagt aber nichts. Es wird ein Tag der Überraschungen.

Theo und seine Familie treffen eine halbe Stunde später ein. Wir begrüßen uns wie Fremde, die Kälte zwischen uns ist kaum auszuhalten. Erst Bea und Phillip machen die Gegenwart einigermaßen erträglich. Wir haben uns nichts zu sagen und versuchen es trotzdem. Marek setzt sich zu meinem Bruder auf das Sofa, doch die Anspannung bleibt. Ich hoffe, dass meine Mutter bald kommt und für Entspannung sorgt.

Aber nach einer Stunde ist sie immer noch nicht da. Die Kinder beginnen zu quengeln und Theo wird ungeduldig. Als ich ihn frage, ob er etwas von unserer Mutter gehört hätte, antwortet er: »Ich kann nichts wissen. Ich bin bei Dir und nicht bei ihr.« Und außerdem sei sie nur separat gefahren, weil sie unbedingt bei uns übernachten wollte. Marek schluckt und sieht mich an, in diesem Augenblick ist er mir ganz nah.

90.

In mir macht sich Unruhe breit, ich habe ein komisches Gefühl. Ich rufe meine Mutter zu Hause an, aber dort ist sie nicht, und an ihrem Handy meldet sich die Mailbox. Ich kann nichts tun als abzuwarten, und schlage vor, mit dem Kaffeetrinken anzufangen.

Bea und ich gucken uns andauernd an, unsere Mutter ist nicht unzuverlässig. Ich bitte fast, dass sie es einfach vergessen hat. Doch mein Gefühl sagt mir, dass sie losgefahren ist.

Wir sitzen am Kaffeetisch und warten. Wegen Theo und der Kinder rätseln wir nicht, wir geben uns gelassen, obwohl wir es nicht sind. Ich spüre, dass Theo fort möchte und nur bleibt, weil er sich genauso um unsere Mutter sorgt, doch er kann und würde das nicht zeigen. Er mag keine Schwächen.

91.

Die unangenehme Stille, die sich zwischen den oberflächlichen Gesprächen und dem Gelächter der Kinder regelmäßig einstellt, wird vom Klingeln des Telefons jäh unterbrochen. Dieses Klingeln erscheint mir lauter und schriller als sonst, es lässt uns alle hochfahren. Im besten Falle ist es unsere Mutter, die Bescheid gibt, dass sie unterwegs ist, doch das ist Wunschdenken.

Es ist die Polizei. Ein Kommissar, der den Namen unserer Mutter erfragt, mir am Telefon aber keine Auskunft geben kann, und ein paar Kollegen vorbeischicken möchte. Ich erstarre innerlich, ahne, was sie zu sagen haben. Die anderen ahnen es ebenfalls. Wir räumen wortlos den Tisch ab, während in jedem von uns ein eigener Orkan tobt.

Als die beiden Polizisten und ein Seelsorger an die angelehnte Tür klopfen, entweicht uns allen die Gesichtsfarbe, schon in dieser Sekunde bestätigt sich unsere Vermutung. Ich höre nur, dass sie in ihrer Handtasche meine Visitenkarte gefunden haben, auf der sie offenbar mehrmals meine Anschrift geändert hat, und sie deshalb auf mich gekommen sind.

Meine Gedanken überschlagen sich. Die Visitenkarte hatte ich ihr vor Jahren gegeben, als ich in der Musical-Ausbildung war, mit einem Notenschlüssel oben rechts in der Ecke. Ich glaubte, sie hatte sie damals weggetan. Der Polizist spricht weiter: »Nach ersten Einschätzungen ist ein LKW auf die Fahrbahn ihrer Mutter geraten. Sie war sofort tot«. Doch das höre ich kaum, mich beschäftigt die Visitenkarte.

Marek, Bea, Phillip, Theo und seine Frau sitzen wie erstarrt auf den Sitzmöbeln im Wohnzimmer verteilt, wir sind alle überfordert. Die Kinder sind in der Küche, Bea und ein Polizist haben das veranlasst. »Man muss sie schützen«, meinten sie. Die Polizisten und der Seelsorger reden eine Weile mit uns, bis sie sich verabschieden und uns wieder uns selbst überlassen.

92.

Wir können nichts sagen, wir sind gefangen in einer Art Vakuum. Und gerade als sich dieser Zustand aufzulösen beginnt, sich neben der Ratlosigkeit Traurigkeit breitmacht, gibt Theo seiner Frau den Wink aufzustehen. Er holt die Kinder aus der Küche, nimmt die Jacken von der Garderobe. »Ich kümmere mich um die Formalitäten«, sagt er noch – und verschwindet mit seiner Familie. In diesem Moment stirbt auch Theo für mich.

Bea, Phillip, Marek und ich sitzen bis tief in die Nacht beisammen und reden. Wir versuchen zu begreifen, was geschehen ist. Wir suchen Schuldige und finden keine. Wir überlegen, was wäre wenn, und kommen zu keinem Ergebnis. Junior liegt oben im Bett und schläft, er muss unsere Gedanken nicht mitkriegen. Bea und Phillip wollen sich am Morgen mit Theo in Verbindung setzten, um alles Weitere abzusprechen. Mir ist das recht, mich erreicht ohnehin nichts mehr.

93.

Ich mache mir Vorwürfe, weil ich meine Mutter eingeladen habe, weil sie zu mir wollte und ich den LKW nicht einplanen konnte.

Ich werfe mir vor, dass ich sie überredet habe, über Nacht zu bleiben und sie deshalb nicht mit Theo gefahren ist. Ich denke an den Erdbeerkuchen, vielleicht hätte ich den Kuchen ablehnen oder früher mit der Feier beginnen sollen. Ich frage nach dem Warum, doch die Frage bleibt unbeantwortet. Ich weiß nicht, ob es eine Antwort gibt. Ich werde sie mit mir allein ausmachen müssen.

Ich hätte ihr gern noch gesagt, was sie mir bedeutet, dass ich sie liebe, wie eine Tochter ihre Mutter liebt, und sie von mir Großmutter wird. Vielleicht wusste sie all das, vielleicht nicht, ich werde es nie erfahren. Aber ich werde mein Leben leben, als wenn sie es gewusst hätte. Und ich bin froh und dankbar, dass sie meine Mutter war!